講談社文庫

玉の輿猫

お江戸けもの医　毛玉堂

泉　ゆたか

講談社

目次

お江戸
けもの医

毛玉堂

玉の輿猫《たまのこしねこ》

玉の輿猫

一

青葉の薫る初夏の朝。

吉田凌雲《よしだりょううん》の膝の上でのんびりしていたキジトラ猫のマネキがふいに身体を起こすと、うえっと喉を鳴らした。

美津《みつ》と凌雲は、はっと顔を見合わせた。

「わっ、マネキ、ちょっと待ってね。あとちょっとだけ待って」

美津が慌てて台所に襤褸布《ぼろぬの》を取りに走ったそのとき、背後で凌雲の「わわっ！」という声が響く。続いてしばしの沈黙――。

「……マネキ、いいんだ。気分が悪いときは仕方ない」

間に合わなかったか。

美津は、ああ、と額に掌を当てた。

「お片付けは私がしますよ。あら、マネキ、気にしないでね。具合はもういい？」

顎《あご》のところを撫《な》でてやると、マネキは先ほどの調子とはすっかり変わってご機嫌な様子で目を細めた。

猫は、ざらざらした櫛《くし》のような突起がついた舌で己の身体を嘗《な》めて毛づくろいをする。そのため喉元に毛玉が溜まりやすい。

マネキが急に吐き戻す光景を初めて見たときは、どこか身体の具合が悪いのかと仰天した。だが猫にとって、毛玉を吐くのは日常茶飯事のようだ。吐いたものに血が混じっていないか、胃の調子が悪くないかと凌雲が検分して、何事もなければそこからは美津の仕事だ。

急いで床を綺麗《きれい》に掃除して汚れた着物を洗い、凌雲に新しい着物を出してやらなくては。

三匹の犬と一匹の猫、そして入れ替わり立ち替わりやってくるたくさんの患者たち。この家に嫁いでから、急いで掃除をしたり着物を着替えたりしなくてはいけないことはしょっちゅうだ。

獣というのはうっとりするほどの可愛らしさを備えていると同時に、赤ん坊と同じかそれ以上に手がかかるものだ。

「さあさあ、凌雲さん、患者さんがいらっしゃる前にお着替えをしてくださいな」

凌雲を奥の部屋に促すと、ちょうど生垣の向こうから「朝早くからすみません、《毛玉堂《けだまどう》》はこちらですか?」と声が聞こえた。

「ええ、こちらですよ。おはようございます」

谷中感応寺《やなかかんのうじ》の境内にある《毛玉堂》には、今日も朝から獣を連れた飼い主がやってくる。

飼い主に綱を引かれてやってきた茶色い狐顔の仔犬《こいぬ》が、毛玉堂の敷居を跨《また》ぐついでに、美津に向かってぺこりと頭を下げた。

「まあ、お利口ですねえ。こんなにお利口な子、見たことがありません」

美津は、ぽかんと口を開けた。

犬が会釈をするなんて。今さっき目にしたものが俄《にわ》かには信じられない気分だ。

「いやあ、実のところ、皆に言われるんですよ。うちのコンタほど利口な犬は、古今東西、どこにもいないってね」

飼い主の男は心から嬉しそうにコンタの頭を撫でる。

コンタは賢そうな目元を艶《つや》やかに光らせて、何か指示を待つかのように飼い主をじっと見つめる。

「他にも芸ができるんですよ。ほら、コンタ、お手。おかわり。くるんと回ってぴょんと飛べ」

コンタは命じられた芸を軽々とこなす。

「わあ、すごい、すごい！　なんてお利口なのかしら！」

両手を打ち鳴らして歓声を上げてから、ふと、背後に視線を感じて振り返る。

庭に面した部屋の縁側で、毛玉堂で暮らす三匹の犬たち、白太郎《しろたろう》、黒太郎《くろたろう》、茶太郎《ちゃたろう》がいかにも寂し気な目でこちらを見つめていた。

猫のマネキだけは、客人に一切構わずにお気に入りの木箱の中でぐっすり眠っている。

「あら、ごめんね。思わず……」

あんたたち気にしないでね、そのままで大好きよ、と心の中で言ってから、得意げな飼い主と涼しい目のコンタに向き合う。

「すぐに凌雲先生がいらっしゃいますからね。今日はどうされましたか？」

「そうそう、コンタの脚が変なんです。数日前から引き摺《ず》っていて、押すと痛むようで」

飼い主が真面目な顔をした。

「えっ！　それじゃあ、くるんと回ってぴょんと飛べ、なんて……」

「ああ、確かにそうですね。コンタ、ごめんごめん。許しておくれよ。コンタは痛みがあろうと何であろうと、私が命じるとそっくりそのとおりにやるものですから、すっかり脚のことを忘れてしまっていました」

なんだか不思議な心持ちで、そうでしたか、と答える。

年端もいかない仔犬にこれほどしっかり芸を仕込むなんて、コンタの前に何匹も犬を飼っていたよほどの犬好きなのかと思った。だが、どうやら獣と暮らすことにはあまり慣れていないらしい。

コンタのことを可愛がっているのは間違いないだろうが、少々危なっかしいところのある飼い主だ。

「待たせたな。身支度に手間取った。患者はこの犬か。齢はいくつだ。雄か、雌か。どこが悪い？」

帯の位置を整えながら凌雲が現れた。

「コンタは、まだやっと半年になったところです。二月前に、犬屋から迎えたばかりの雄犬です。今日は凌雲先生に、コンタの後ろ脚を診ていただきたく、参りました」

「引き摺っているな。いつからだ？　きっかけに心当たりはあるか？」

「一昨日からです。きっかけですか？　特に思いつきませんねえ」

飼い主が首を捻《ひね》った。

「きゃん、と鋭く鳴いたことはありますか？」

美津はゆっくり訊《き》き直す。

きっかけ、なんてそのものずばりな訊き方をしたら、気を咎《とが》めてしまう飼い主もいる。己のせいだと思いたくなくて、記憶に蓋《ふた》をしてもおかしくない。

獣の異変の理由を知るためには、飼い主の思い込みからも離れなくてはいけない。

「いいえ、コンタは妙な鳴き方なんて、これまで一度もしたことはありません」

傍らのコンタがこくりと頷《うなず》いた。人の間でべったり可愛がられ続けた老犬ならばまだしも、こんな仔犬で人の話がわかっているはずはない。己の名を聞いたら相槌《あいづち》を打つように、と仕込まれているのだろうか。ここまで利口だと、なんだかこちらも居心《いごこ》地《ろ》が悪くなってくる。

「滑ったり、転んだり、引っ繰り返ったり、ということはありませんでしたか？」

「うちのコンタは、そんな間抜けなことはしませんよ。なあ、コンタ？」

コンタが、うんうんと激しく頷く。

凌雲がコンタの前脚を取った。足の裏をひっくり返して、肉球のあたりをしげしげと眺めている。

コンタは困った顔をしているが、嫌がって脚を引っ込めようとする素振りはない。ここでもお利口だ。

「あれ、凌雲先生、おかしいのは後ろ脚ですよ」

飼い主が不思議そうな顔をした。

「コンタの親のどちらかは、何代か前に狆《ちん》の血が入っていたようだ。普通の犬よりずいぶん足の毛が長い」

凌雲がコンタの前脚を戻して、肝心の動かない後ろ脚に触れた。骨を確かめるように幾度か摑《つか》み方を変えていると、急にコンタが、きゃん、と悲鳴を上げた。

凌雲がうんっと頷く。

「節を傷《いた》めたようだな。添え木を当てておこう。しばらくは無理に動かすな」

「節、ですか。それじゃあ、骨は折れちゃいないってことですね。よかった、よかった。節くらいなら大したことはないな」

飼い主が己の指の節をぽきぽき鳴らした。

「いや、場合によっては、骨が折れるよりもたちが悪い。この犬は生まれつき節が強くないのかもしれない。あまり無茶な動きをさせないように、終始気を配ってやれ。

くれぐれも、くるんと回ってぴょんと飛べ、なんて命じてはいけないぞ」

　飼い主は、聞かれていたのか、とばつが悪そうな顔をした。

「は、はい。けど、先生、コンタはまともな大人になれますかね？　健康だと思っていたのに。もしかして、私はあの犬屋に騙《だま》されたんでしょうか？」

　つい今しがたまでコンタのことが誇らしくてたまらない様子だったくせに、騙された、だなんてなんだか薄情な言い草だ。

「案じるほどのことではない。ただこの犬は生まれつき節が弱い、というだけだ」

　飼い主はしばらくぽかんとした顔をしてから、ふいに合点した顔をした。

「そりゃ、生まれつきのことを今さらどうこういっても気の毒ですね。頭が良いのもコンタなら、節が弱い、ってのもコンタだ」

　飼い主がコンタの頭を大事そうに撫でた。

「それと、コンタの足の毛をこまめに切り揃《そろ》えてやってくれ。肉球の周りに毛があると、滑りやすくなる。特に家の中に上げているようなら、磨かれた床を歩くのは、犬にとってかなり気を配らなくてはいけないことだ」

「犬の脚は、実際に滑って転んでいなくても転ばないように踏ん張るだけで、脚に変な力が入ってしまうんです」

美津が付け加えると、飼い主が「なるほど」と真面目な顔をした。

「お美津の言うとおりだ。気を付けてしばらく様子を見よう」

「凌雲先生、ありがとうございます」

飼い主は添え木を当てる凌雲の手先をじっと見つめながら、幾度も礼を言った。

帰り際に、再び敷居を跨いだコンタは、来たときと同じようにぺこりと頭を下げた。

「あら、ご丁寧に、どうもありがとうございます」

美津も釣られて頭を下げると、飼い主は来た時よりはずいぶん落ち着いた様子でコンタに誇らしさと愛おしさの混ざった目を向けた。

「ねえ、奥さん、コンタにはいくらの値がついていたと思いますか？」

凌雲に聞かれないようにと声を顰《ひそ》める。犬の値について、なんて下世話なことを話したら、医者から下らない飼い主と蔑まれると思っているのだろう。

「えっ？　そういえば先ほど、犬屋さんからお迎えしたと仰《おつしや》っていましたね。犬のお値段というのは、私にはちょっと……」

毛玉堂の白太郎、黒太郎、茶太郎は、見知らぬ誰かに庭に放り込まれていた犬たちだ。猫のマネキも、凌雲がまだ青年の頃に家に勝手に入り込んできたという。

このご時世、飼い主のいない犬猫はちょっと探せばすぐに見つかる。狆を可愛がるお姫さまならまだしも、わざわざ金を払って犬猫を買おうというのは考えたこともなかった。

「うちの店賃《たなちん》の一年分だよ。私はずっと犬が欲しくてね。それも己の頭がいまいちなもんだから、賢い犬が欲しかったんです。血筋が良くて、どの犬よりも賢い忠犬をね。こいつは私にとって、一生に一度の大きな買い物なんです」

「ええっ！　店賃の一年分ですって？」

思わず狐にそっくりなコンタの顔をしげしげ眺めた。

犬屋に騙された、なんて不穏な言葉が出てきた理由は、そのとんでもない値のせいだったのか。

コンタは添え木を当てられた脚を引き摺りながらも、きりっと前を向いてまっすぐ進む。横で、幾度もコンタの様子を確認する飼い主。

二人の背が見えなくなるまで見送ったところで、庭のクチナシの生垣がごそごそ鳴る音がした。

「おうい、お美津ちゃん、いるかい？　いるよね！」

懐かしい声が響いた。

二

「あら、お仙《せん》ちゃんがここへ来たのはいつぶりかしら。お稽古《けいこ》事《ごと》のついでに寄ってくれたの？」

久しぶりに心安い幼馴染《おさななじみ》の仙の顔を見ることができて、声が華やいだ。

かつて仙はここ谷中からほど近い、笠森稲荷の境内にある《鍵屋《かぎや》》で水茶屋の娘として働いていた。江戸の三大美人、なんて称されるほどの類まれな美貌の持ち主で、鈴木《すずき》春信《はるのぶ》の絵の手本になったときには、仙のことを一目見ようと《鍵屋》の周囲に黒山の人だかりができたこともある。

その後、笠森稲荷一帯の地主、三百石の旗本倉地《くらち》家の跡取り息子、倉地政之助《まさのすけ》のところへめでたく嫁入りが決まり、今は生家に別れを告げて倉地家と同格の旗本、馬場《ばんば》善五兵衛《ぜんごへえ》家の養女として迎え入れられたのだ。

「残念、そんな呑気《のんき》な話じゃないさ。馬場の家から逃げてきたんだよ」

仙が着物に刺さった枯れ枝を払い落とした。お尋ね者のように目を三角に尖《とが》らせて、はっと後ろを振り返る。

「ええっ！　逃げてきた、ですって？」

以前会ったとき、仙は馬場家での行儀見習いはとんでもなく厳しいと零《こぼ》していた。もっとも二十歳も過ぎて一から武家らしい作法を仕込まれるのだから、きっと辛《つら》いこともたくさんあるだろうとは案じていた。だがまさか、逃げ出してくるとは。

「そんな。旗本のお家で武士の娘としての行儀作法を覚えて、政之助さんにふさわしい奥さまになるんだ、って言っていたでしょう？」

「ああ、そんなの、やめた、やめた。政さんのことはそりゃ好きさ。政さんほど私の胸を焦がした男は後にも先にもどこにもいやしないよ。けどね、私は馬場の家で暮らしてみて気付いたのさ。政さんのことよりも、己自身のほうがずっと好きだってね」

「やめた、やめた、って……」

困った顔で凌雲を振り返ると、凌雲は何も聞こえていないような顔をして櫛で白太郎の毛を梳《す》いている。こんなときの仙に、横から余計な口を挟んでは大騒ぎになると知っているのだろう。

「だって聞いとくれよ、馬場の家のお母さま……ああ嫌な呼び方だ。って、あの女はね、根性がひん曲がっているよ。『お仙さま、あなたのお生まれでは少々難しいことは存じますが、一言よろしゅうございますか』なんてさ。あんな底意地悪いことを言われたのは生まれて初めてさ。武家の女なんて大嫌いだよ」

「それは、意地悪ねえ。そんな言い方ってないわよね」

うんうん、と頷きながら仙の背を撫でてやったら、仙の綺麗な形の目から涙が一粒ぽろりと落ちた。

「あそこでは、二六時中、私が悪い私が悪い、生まれも悪けりゃ育ちも悪い、って言われてばかりさ。なんだか生きてることまでつまんなくなってきちまったよ。確かに私の生みの親ってのはそんな立派なもんじゃないけれどね。でも、うちのおミケは今年で十五だよ。そのへんに落ちていた仔猫を十五まで壮健に生かしているんだよ？気立てが良くて面倒見の良い親に決まっているじゃないか。いったい、お武家さまの何がそんなに偉いってのさ」

仙は目を真っ赤にして恨みがましい顔をしてみせる。

「町人と武家と、どちらが偉いって話じゃないと思うわよ。馬場家の奥方さまは、きっとお仙ちゃんが政之助さんのところに嫁いだときに苦労しないように、って思って心を鬼にして厳しくしていらっしゃるのよ」

長年の友として、仙にとってここはきっと我慢のしどころだとわかる。仙の気持ちに寄り添うことはすれど、投げやりな気持ちを盛り上げるようなことを言ってはいけない。美津はぐっと堪《こら》えた。

「もう嫌だよ。私は窮屈なのがいちばん嫌いなんだ。人に何を言われたって気にしない、己の心のままに生きることが私の長所さ。それなのに、皆で寄ってたかって私の心根をぽきぽきへし折りにかかって、この大輪の花を萎《しお》れさせて枯らしちまうんだ。ああ、もう嫌だ。行儀見習いなんてこりごりさ」

平然と己を大輪の花に例える心根の太さからすると、泣き濡《ぬ》れている割に、まだまだほんとうに気が折れてしまっているわけではないようだ。

「そうねえ、辛いところねえ。誰だって、窮屈なのは嫌よねえ」

なんて優しく相槌を打ちながら、落としどころはどうしましょうと頭を巡らせていると、ふいに生垣の向こうで「失礼いたします。《毛玉堂》はこちらでしょうか？」と女の声が聞こえた。

「おうっと、商売のお邪魔をするわけにはいかないよ」

仙が慌てた様子で、手拭いで涙を拭《ふ》く。

帰ろうと生垣に向かおうとするが、先に客人が顔を覗《のぞ》かせた。仙が玄関に回るのを億劫《おっくう》がって近道をしてくるせいで、生垣にはっきりと隙間ができてしまっているのだ。

「あら、こんにちは。窮屈ですみませんねえ、ほんとうの入口はあっちなんですけど、さあ、どうぞどうぞ」

仙が凌雲と美津を振り返って、ごめんよ、というように片手で拝む真似をした。

「えっ、あ、はい」

客人は三十くらいの身なりの良い女だ。仙の美貌にぼうっと見惚《みと》れたような顔をしてから、目の前に抱えた蓋付きの籠を抱き直して、どうにかこうにか生垣を潜った。

「あら、お姉さん、たいへん。生垣で引っ掻《か》きましたか？　そうなんですよ。ここの生垣、案外切り先が鋭いんです。私も、幾度も着物やら手の甲やら頬っぺたを引っ掻かれていますよ」

仙が女の手の甲の一本線の傷に目を止めた。

「あらあら、お籠まで真っ二つ。って、ちょっとくらい生垣を無理に通ったくらいで、そんな頑丈そうな籠が壊れやしませんよねえ」

仙が不思議そうな顔をした。

女の手にした籠は、割れてひしゃげている。

「この手の傷も、籠を壊したのも、白魚《しらうお》の仕業《しわざ》です」

どうにかこうにか生垣を潜り抜けた女は、手の甲の傷に悲しそうに目を向けた。

「しらうお！　その艶っぽい素敵な響きは、犬の名じゃなさそうだねえ」

「こらっ、お仙ちゃん！」

美津は小声で仙を叱《しか》りつけた。

仙は慌てて己の口を両手でぴたりと閉じる。猫好きが高じるあまり犬のことを見下すようなことを言うのは、仙の悪い癖だ。

「そうです！　白魚は、私の大事な大事な猫です」

猫で正解だったようだ。万が一、患者が犬だったらたいへんなことになっていた。

美津はほっと息を吐く。

「その猫さんは、白いんだろう？」

猫好き同士はすぐに通じ合うのだろう。仙と女は気安く語り合う。

「ええ、もちろんですとも」

「そうでなくっちゃね。その名で白くなかったらそっちが驚きだ。それで、その白魚さんは、まるで美人の指先みたくしなやかで美しい猫さん、ってことだね」

仙が己の指先をひらひらさせてみせる。

「ええ、そうです。白魚はほんとうに美しい白猫です。おまけに瞳が抜けるように青いんですよ。白魚の良いところは見た目だけではありません。とても愛情深く私の心に寄り添ってくれるんです。あの娘《こ》は私がこの世でただひとり、心を許せる大事な友達です」

「きゃあ、瞳が青いだって？　いいねえ、その美しい猫さんを、ぜひともほんの一目だけでも拝ませておくんなさいな」

両手を合わせて仙がはしゃぐと、ふいに女の顔に影が差した。

悲痛な顔で黙り込む。

「白魚はここにはいないんだろう。猫とは、壊れた籠で運んでくることができるようなやわな生き物じゃないさ」

凌雲が白太郎を梳《くしけず》っていた櫛を縁側に置いた。

「先生の仰る通りです。白魚は、ここにはいません。脚を引き摺って辛そうにしているのに、どうしても、どうやっても連れ出すことができないんです。私は途方に暮れてしまいました」

女は壊れた籠を抱き締めて、今にも泣き出しそうな顔をした。

三

女は千紗《ちさ》と名乗った。日本橋《にほんばし》にある呉服屋の《梅坂屋《うめさかや》》からやってきたという。

「よくある話だ。猫のいる家に行くのは慣れている。案内してくれ」

そう言って支度《したく》を始めようとした凌雲に、千紗は困った顔をした。

「凌雲先生、たいへんな失礼を申し上げますが、先生に我が家に来ていただくわけにはいかないんです……。たとえ先生といえども、私の立場で殿方を家に上げるわけにはいかなくて」

己の意に反して断らなくてはいけないことが悔しくてたまらない、というように唇を嚙《か》む。千紗自身は、できることなら、ぜひとも凌雲に白魚を診にやってきて欲しいのだろう。

「へえ、私の立場で、ねえ……」

仙が、心底興味深げな顔をしてから、わざと素知らぬ様子で「おう、よしよし」と縁側のマネキの背を撫で始めた。

「そうか、ならどうしようもないな」

凌雲があっさり引き下がると、千紗がどうしたら良いかわからないという顔をした。

「凌雲先生、そんなわけにはいきませんよ」

凌雲の言葉には、相変わらず患者への心配りが足りない。冷たいことや傲慢《ごうまん》なことを言わなければそれで良いというものではない。獣の患者の症状を知るためには、飼い主とどれだけうまく通じ合えるかが大切なはずなのに。

美津が慌てて割って入ると、千紗が縋《すが》るような目でこちらを見た。

「お内儀《かみ》さん、どうか凌雲先生の代わりに私の家へいらしていただけないでしょうか？」

「えっ、私が、ですか？　私には医術のことは何もわかりませんよ」

驚いて首を横に振った。

「でも、こちらで毎日、たくさんの獣をみていらっしゃるんでしょう？　白魚にどこかおかしいところがあればわかるはずです」

「そんな……」

困惑して凌雲に目を向けると、あっさりと「それが良いかもしれないな。それ以外に方法はない」と頷いた。

千紗は今にも泣き出しそうな顔だ。

「私でお力になれるかわかりませんが」

恐る恐るそう答えると、千紗の顔がぱっと華やいだ。

「まあ、そうしていただけますか！　何卒、よろしくお願いいたします！」

涙ぐんで喜んだ千紗と二人連れ立って、美津は善は急げと日本橋の屋敷へやってきた。

千紗の暮らす屋敷は、何代も続く名家らしくずいぶん広く大きな造りだった。

「まあ、とても素敵なお屋敷ですね」

調度品に囲まれた見事な玄関を見回して、美津はため息をついた。

《毛玉堂》の患者の飼い主には、こんな大金持ちが珍しくない。

このご時世に、獣を大事に可愛がり、さらに評判の獣医者である凌雲を探し当て、金を払ってでも獣の具合を治してやろうと思う人は、己の衣食住がじゅうぶんに満たされている者が多いのだ。

もっとも、《毛玉堂》では誰に対しても、長屋暮らしの飼い主でも無理なく払えるほどの値しか取らないので、常に美津たち夫婦の懐具合は寂しいものではあるが。

「……ええ、まあ」

千紗は奥歯にものが挟まったような何とも居心悪い顔で、美津の言葉を受け流した。

おやっと思う。己の暮らす家を誉められてこんな顔をする人も珍しい。

「お千紗、ずいぶんお早いお帰りだね。もっとゆっくりしていてもらっても良かったんだよ。おや、お友達かい？」

白髪交じりの中年の女が奥から顔を覗かせた。

「あ、こんにちは。お邪魔いたします」

美津が勢いよく頭を下げると、女は「珍しいこともあるもんだね」と呟《つぶや》いた。

「掃除に洗濯、夕飯の下ごしらえ。すべて朝のうちに終わらせてから出かけました」

千紗が強張《こわば》った顔で答えた。

「そんなことわざわざしなくたって、好きなときに出かけて構わないんだよ。この家では、ずっと昔から炊事も洗濯も、女中の仕事と決まっているんだから」

姑が怪訝《けげん》そうな顔をする。

「いいえ、いいえ、家のことをすべて女中さん任せになどしていたら落ち着きませんわ。私は大年増になるまで、ずっと下町の長屋暮らしだったものですから」

千紗は拗《す》ねた子供のような目をして、姑の顔をろくに見ようともしない。

と、屋敷に妙な声が鳴り響く。

うー、うー、うー、と子供がふざけて唸《うな》っているような大きな大きな声だ。

「白魚だわ。すみません、すぐに静かにさせます」

千紗が顔を伏せて、素早く框《かまち》に上がった。美津も慌てて草履《ぞうり》を揃えてそれに続く。

廊下では先ほどの大声が一層大きく響き渡っている。喚《わめ》き声、というのがぴったりの不穏な声だ。

「白魚の鳴き声です。私がお義母さんに嫌味を言われていると、物陰からこうして抗議の声を上げてくれるのです」

招き入れられた千紗の部屋は、二十畳ほどもある広くて日当たりの良いところだった。

「白魚、おやめ」

千紗が静かに言うと、白魚の鳴き声はぴたりと止んだ。

「私は半年前にこの家に嫁いできました。齢は二十八になりますが、これまで一度も所帯を持ったことはありません。私は捨て子で行く末を煩《うるさ》く案じる親もおりませんし、所帯を持ちたいと思った相手がこれまでいなかったものですから。もうすぐ十になる白魚と二人、襤褸長屋でお針子の仕事をして、慎ましいながらも楽しく暮らしておりました」

千紗の背後に広がる部屋には古びた行李《こうり》がひとつあるだけだ。余計なものは一切置かれていない。何もない整った部屋はどこか寒々しく感じるほどだったが、背筋をしゃんと伸ばして頼もし気な千紗にはよく似合っている。

余計なものを持たない慎ましい暮らしが身に沁《し》みついた人なのだろう。

「襤褸長屋で猫と暮らしていた年増女が、どうして今じゃこんなお屋敷で暮らしているのか、って不思議に思われますでしょう？」

「い、いいえ。そんなこと、思いませんよ」

千紗の棘《とげ》のある言い方に驚いた。

美津は慌てて首を横に振る。

「いいんです。その質問には慣れていますから」

千紗が暗い顔でため息をついた。

「私たちが出会ったきっかけは、品物を届けに行った呉服屋の店先で、五つ年下の夫と偶然こつんとぶつかった、ってだけですよ。お仙さんみたいな美人でもあるまいし、私が玉《たま》の輿《こし》を企んで、夫に色仕掛けで迫るはずもありません」

千紗の険しい目が遠くを見つめる。目の前の美津のことを少しも見てはいない。

「周囲からはずいぶん反対されました。お針子と呉服屋の若旦那なんて夫婦の組み合わせは私だって聞いたことがありませんから、言いたいことはようくわかります。元から無茶な話だったんです」

世の人からは羨《うらや》ましがられるに違いない結婚だが、千紗自身はちっとも嬉しくなさそうだ。

できることなら昔の気ままな暮らしに戻りたい、と顔に書いてあるような気がして、美津の脳裏に仙の姿が浮かぶ。

私の嫁入りは誰にも羨ましがられることもないささやかなものだったけれど、かえってそれでよかったのかもしれない、なんて気持ちにもなってくる。

「白魚はどこに隠れているんですか？」

美津は気を取り直して部屋に目を巡らせた。綺麗に片付いた部屋には、隠れるところはほとんどない。

あそこくらいだろうか、と、行李に目を向けたところで、千紗が「はい、あの行李の裏です」と頷いた。

「白魚は脚を引き摺っているんです。それも、四脚交互に、です」

行李の裏の暗がりに白い猫が身を潜めていた。上から見ると、まるで水底にじっと留まる魚のようだ。しなやかで細い身体に、白魚という名がよく似合う。

「四脚交互に、ですか？」

今朝の節を痛めたお利口な犬、コンタのことを思い出しながら、美津は首を捻った。

「白魚の脚を触ることはできますか？」

行李の裏から少しも出てこない臆病な猫ならば、難しいかもしれない。

「ええ、きっと平気です。白魚、出ておいで」

千紗が呼ぶと、白魚は美津に警戒しているような顔をしながら耳をそばだてた。

四

「お千紗さん、私とべったり肩を組んでくださいますか。それから親し気に手を繋《つな》いでください」

美津に急に寄り添われて、千紗は驚いた顔で目を見開いた。

「え、ええ。こうですか？」

おっかなびっくりという様子で美津の手を取る。

「白魚に、私たちが仲良しだと知らせて安心させるんです。さあさあ、ご一緒に」

美津は握り合った手を白魚に見せつけるようにしてから、鼻歌に合わせて二人で左右に身体を揺らす。

白魚はそんな二人をしばらく怪訝そうな顔で眺めていたが、ふいに腑《ふ》に落ちたような顔で一声にゃあと鳴くと、しっかりした足取りで行李の裏から出てきた。

「よしよし、白魚、いい子ね。お美津さんに脚を診てもらいましょうね」

白魚を抱き上げた千紗は、嬉しそうに毛並みに顔を埋める。

千紗から聞いていたとおり、白い毛並みに青い目の、身体の大きな美しい雌猫だ。

「では、少し失礼いたしますね」

凌雲の真似をして、そっと白魚の脚を摑む。あちこち少しだけ力を入れてみて、節を曲げて伸ばして。

白魚は迷惑そうな顔をしてはいたが、されるがままになっている。

「脚を触ったところでは、どこかに鋭い痛みを感じている様子はないですね。骨はもちろん、節の動きも滑らかです」

美津は首を捻った。

「でも、この畳の上を歩くときは、あちこち痛そうにしているんですよ」

千紗が不安げに見守る。

白魚を畳の上に降ろした。

少し離れたところに座って、「白魚、おいで」と呼ぶ。

白魚はしばらく迷ってから、面倒くさそうに一歩を踏み出した。

と、その右前脚を引っ込める。まるで火のついた煙草《たばこ》の吸いさしを踏んでしまったかのように、何かを振り払うかの如《ごと》く右前脚を小刻みに震わせた。

さらに数歩歩いたところで、白魚は座り込んでしまった。千紗のことを見つめてはいるものの、尾を左右に動かしながらじっとしている。

「確かにおかしいですね。何か他に、これまでと様子が違うと気付いたことはありますか？」

美津は白魚に近づいて、その身体に触れた。十と猫にしては高齢だが、身がみっしり詰まってまだまだ若々しい身体だ。目や耳も綺麗で歯も白い。内臓の具合が悪いというわけではなさそうだ。

「これまでと様子が違うところ……ですか。そりゃ、たくさんありますよ」

千紗が寂しそうに目を伏せた。

「ここへ引っ越す前の白魚は、とても人懐こい猫だったんです。前の家は、長屋で足の踏み場もない狭い部屋に預かり物の反物《たんもの》を広げているような具合でしたからね、白魚の寝床は、古びた箪笥《たんす》の上でした。白魚はいつもそこで私のことを見つめていてくれました。ああくたびれた、少し一休みしようかね、って立ち上がると、待ち構えていたように、にっ、と一声鳴くんです。それが可愛くてねえ。そのたびに目一杯撫でまわしてやりましたよ」

千紗は白魚の背を撫でた。よいしょ、と温かい声で抱き上げる。

白魚は千紗の言っていることがそっくりわかったような顔をして、にっ、と鳴いてみせた。

「それが、この家に越してからは、苛立《いらだ》ってばかりいます。白魚が姑の意地悪に怒ってくれる気持ちは嬉しいんです。ですが、そのせいで私は姑にとても気まずい思いをしています。日中も行李の裏に籠ってばかりで。挙句の果てが、四脚がおかしくなってしまうなんて……」

「白魚は、新しいお家であまり居心良く過ごせていないんですね」

そしてお千紗さんも、と心の中で付け加えた。

お互いを想い合い助け合って生きてきた、仲良しの千紗と白魚。どれほど外で面倒なことが起きたとしても、千紗は白魚が待つ家に戻ればほっと心が和んだに違いない。

それが今では、どこよりも落ち着くはずの家の中で、姑に気を遣って針の筵《むしろ》だ。かといって表に出れば玉の輿、なんて好奇の目に晒《さら》される。急に大金持ちになってしまった手前、女友達とこれまでどおりに気軽に愚痴《ぐち》を言い合うのもぎこちないだろう。

せっかくの豪華なお屋敷も、広い部屋も、ちっとも楽しく思えないはずだ。

お金があればそれで幸せになれるというわけではないのだ。そんな当たり前のことを思い知る。

ひとまずは、一刻も早く白魚の脚を治してやらなくてはいけない。

「お千紗さん、やはり私には白魚の脚の原因がわからなそうです。今日はもう遅いので明日の朝、凌雲先生に診ていただきましょう。もう一度、白魚と一緒に毛玉堂にいらしてくださいな。この白魚の落ち着いた様子を見ていたら、コツを摑めば連れ出せるような気がしてきました」

美津は千紗の腕の中の白魚の背を優しく撫でた。

白魚はあまり嬉しくはなさそうな顔をしてはいるが、怯《おび》えて襲い掛かってくることはない。

きっと最初の失敗のときは、千紗が手順にまごついたせいで白魚を怖がらせてしまったのだろう。猫は人のおっかなびっくりな様子を何よりも怖がる。

「まずは、しっかり食事を与えましょう。人も獣も、お腹が減っていると気が立ちますからね。そうしたら、腹が落ち着くまでしばらく見守ってあげてください」

「はいっ、まずは食事、ですね！」

千紗が真剣な顔をして頷いた。

「半刻くらいもしたら、ちょうど良い頃です。またたびをほんの少し与えて、気持ちをのんびりさせてあげましょう」

「またたび、ですね。わかりました」

猫にまたたびの木を与えると、ちょうど人が酒で酔っぱらったように恍惚《こうこつ》とした状態になる。

あまりたくさんの量を頻繁に与えては頭に良くないという話もあるが、今回のように身体を悪くして医者に連れて行かなくてはいけない場合には、とても役立つ。

「ここからはできる限り手際よく参りますよ。大きめの網の袋に入れて動きにくくしてから、ゆっくり籠に入れます。大きな音を出したり無理矢理身体を摑んだりはせずに、あくまでもさりげなく行います」

「大きめの網の袋、ですね。早速、今夜のうちに作ります」

千紗が縫物をする手つきをした。

「猫を網の袋に入れるのは、とても大事なことなんです。いくら人に慣れた子でも、物音に驚いたり、籠を落としてしまったときに、急に飛び出してしまう場合もありますからね。網に入っていれば、動きが遅くなるので落ち着いて捕まえることができます」

今のところ《毛玉堂》で患者の猫を逃がしてしまったことはないが、ひやりとする場面は幾度もあった。

泡を喰《く》って全速力で逃げようとする猫を、美津が転びながらどうにかこうにか捕まえて、力いっぱい嚙みつかれたこともある。

今言ったのは、そんな騒動があるたびに、飼い主に懇切丁寧に教え込んでいる方法だ。

「お美津さん、ありがとうございます。それでは明日、もう一度、どうにかして白魚を毛玉堂に連れて行くことができないか試してみます」

千紗はとても真面目な顔をして、白魚の大きな身体をひしと抱き締めた。

五

千紗の家から戻った美津は、凌雲に白魚の様子を話して聞かせた。

「お千紗さん、とても真剣にお話を聞いてくれましたから、きっと明日には白魚を連れてここへ来てくれるはずです」

凌雲は静かに頷いた。

「お美津、よくやってくれた。助かったぞ」

助かった、なんて素直に言われて胸がじわりと温かくなる。

何気ない一言ではあるが、凌雲という人は一緒に暮らし始めた頃にはろくに口も利こうとしなかった。ずいぶんと心を込めて美津の労を労ってくれようとしているのが伝わる。

「ただいまあ！」

庭の生垣が揺れた。

「久しぶりに《鍵屋》に顔を出して、お千紗のことを聞いてきたさ。お千紗、って名を出したら、水茶屋の若い娘たちが揃いも揃って、『ああ、あの年増のお針子のことね』なんて、何とも意地悪そうな顔をしたよ。あれは、相当羨ましいんだろうねえ。親に捨てられて天涯孤独の年増のお針子が、呉服屋の大店の若旦那に嫁入りしたってんだ。絵に描いたように見事な玉の輿だよ」

「あら、お仙ちゃん、どこへ行ったかと思ったら、噂話《うわさばなし》の種拾いに行って来てくれたのね？　もうお家に帰ったのかと思ったわ」

一通り馬場の養母の文句を言ったら気が落ち着いて、いけないいけないと慌てて家に戻ってくれていたらいいと思っていたが、残念ながらそうはいかなかったようだ。

「あんな家、帰るわけないだろう！　しばらくは《鍵屋》の姉さん分のところに世話になるさ。前のように店に出たら、あっという間に政さんのことをさっぱり諦めさせてくれるような出会いがあるかもしれないしね」

「そんな、投げやりなことをしちゃ駄目よ……」

困って思わず凌雲の顔を見たが、凌雲は余計なことを言ってはいけない、というように肩を竦《すく》めてみせた。つまりもちろん、仙を説得してくれる気はなさそうだ。

「はいはい、お説教はやめておくれ。その話はおしまいさ。それで、あのお千紗の姑、なかなか手ごわい女みたいだよ」

「手ごわい、ってどういうこと？」

「お千紗が嫁入りしてくるまでは、ずっと若い娘みたいな銀杏返《いちょうがえ》しに髪を結《ゆ》っていたってのさ」

「へっ？　それと、お姑さんが〝手ごわい〟なんて噂されるのとは、どんな関係があるの？」

思わず訊き返した。さっぱりわからない。銀杏返しは確かに若作り気味ではあるが、商売人なので少しでも華やかにしようと装っているのだと受け取る人のほうが多いはずだ。

「お美津ちゃん、あんた、ほんとうに人妻かい？　世の女ならほとんどみんな、若い娘みたいな格好をした姑って聞いただけでとんでもない苦労が偲《しの》ばれて、身の毛がよだつってもんだよ。若作りの姑は、きっと何かにつけて嫁と全力で張り合ってくるはずだからね」

仙が二の腕の鳥肌を摩《さす》る真似をしてみせた。

「そんなのこじつけよ。お姑さん、気の毒だわ」

大店の人々というのは、こんなふうにちょっとしたことを噂話の種にされてしまっているのだと思うと、なかなか気苦労が多そうだ。

「お美津ちゃんは、よほどの苦労知らずのようだね。羨ましい限りだよ」

赤ん坊扱いして頬をつんと突かれ、美津は肩を竦めた。

「そうね、私はお姑さんには恵まれているみたい」

美津とは遠縁にあたる凌雲の両親は、華々しく医者の道を志しながら、小石川養生所《こいしかわようじょうしょ》から戻ってくることになってしまった凌雲のことをひどく案じていた。

これまで夢に溢《あふ》れて、世のため人のために奮闘していたはずの息子が、祖父母が隠居先に使っていた古びた家に籠って日がな一日猫の背を撫でている姿は、よほど心配だったのだろう。

幼い頃からの許婚《いいなずけ》だった美津が、押し掛け女房よろしくこの家にやってきたときは、「こんな息子のところへ嫁いでもらうのは、あまりにも申し訳ない」と額を畳みに擦《こす》り付けんばかりに詫《わ》びていた。

《毛玉堂》を開いてからは、姑は年に数度、この家に顔を見せにやってくる。

次々に増えていく犬たちには目を白黒させているが、訪れるときは決まって旅の土産物や美味しいお菓子を持ってきてくれたりと、気配りを忘れない。

凌雲のぶっきらぼうな気質のせいで、皆で楽しく食事をするというわけにはいかないが、帰り際に「お美津、息子のことをよろしく頼むね。あんな偏屈者を見捨てないでいてくれるのはお美津だけだよ」なんて言われると、美津もどこかくすぐったい気持ちになった。

「まったく、お美津ちゃんはおめでたいねえ。それはまだ戦いが始まっていないだけさ。女ってのは鋭いからね」

仙が呆《あき》れた顔をする。

「戦いは始まっていない、ですって？　なんて物騒な……」

美津の目の端で、素早く凌雲が奥に引っ込んだ。

仙は廊下を進む凌雲の足音が遠ざかったのを確認してから、美津に向き合う。

「あんたたち、まだ夫婦になりきれていないだろう？　お美津ちゃんのお姑さんは、きっとあんたたちの間に漂っている他人行儀なところのおかげで、すっかりご機嫌が良いのさ」

「ちょ、ちょっと、お仙ちゃん！　やめてよ！」

慌てて周囲を見回して、誰にも聞かれていないのを確かめる。

縁側の木箱の中で半身を起こしていたマネキが、話はすっかり聞いていたぞ、というように目だけで頷いた。

「若い男女がひとつ屋根の下で暮らしていて、何事もないなんて。いったいどういうわけなんだろうねえ。私には、凌雲先生の考えていることはさっぱりわからないよ。なんだかんだで楽しそうにやっているお美津ちゃんの胸の内もさっぱりだ」

「もう、その話はやめてちょうだいな。私は今のままで幸せなの」

だって凌雲さんは、ようやく私と恥ずかしがらずに手を繋いでくれるようになったのよ。おはよう、とおやすみ、の挨拶《あいさつ》の時に、私の目を見てにっこり笑ってくれるんだから。

こんなことを口に出したら、仙にどれほど大騒ぎして揶揄《からか》われるかわからない。

胸の内だけでこっそり呟いた。

「へえ、人にはいろんな考えがあるもんだねえ。まあとにかく、お美津ちゃんがお姑さんと上手くやっているのは、お姑さんが己をちっとも除《の》け者だと感じていないからさ。ひとたび己のことが迷惑がられていると気付いた女ってのは怖いもんだよ」

仙は鉤爪《かぎづめ》を作って、ごおっと吠える真似をしてみせた。

六

次の日、千紗は今度こそ白魚の入った籠を抱えて《毛玉堂》にやってきた。

「お美津さん、うまくいきました。閉じ込められたことを怒っているようで気が咎めますが、どうしても白魚の脚を診ていただかなくてはいけませんもの。焦る思いをどうにかこうにか表に出さないようにして、さりげなく、さりげなくやりました」

「よかったです！　お疲れさまでした。凌雲先生は、ちょうどお腹を壊した馬の家に往診に行きました。朝早くに出かけたので、もうすぐ戻ると思います。中でお待ちくださいな」

美津が家の中に招き入れると、籠の中の白魚が雄叫《おたけ》びのように不満げな声を上げた。

「白魚、ごめんね。すぐに先生が診てくれるからね」

蓋を少しだけ開けて声を掛けると、網の袋に入った白魚にふうっと威嚇《いかく》の声で追い払われた。白魚は怯えて目を爛々《らんらん》と輝かせている。

「ごめんね、何も嫌なことはしないわよ。あら？　えっと白魚、この染みどうしたのかしら？」

「ええっ！　白魚がどうかしましたか？」

千紗が血相を変えた顔で籠を覗き込む。

「白魚！　あんた血が出ているじゃない！　ああ、たいへんだ、いったいどこを傷つけたの!?」

白魚の真っ白い毛並みに、点々と茶色い血が付いていた。

「お千紗さん、落ち着いてくださいな。先生がいらしたらじっくり診ていただきましょうね」

「落ち着いてなんていられませんよ。大事な大事な白魚が怪我《けが》をしているんですよ」

千紗は泣き出しそうな顔で籠に手を突っ込んだ。

網でできた袋ごと白魚を抱き上げて、「白魚、白魚、見せてご覧」と涙交じりの声を掛ける。

「お千紗さん、ここで袋を開けるのはちょっと待ってください。お庭に面した障子《しょうじ》を閉めます」

いくら止めても、血を見て頭が真っ白になってしまった千紗には通じそうもない。白魚が嫌がるところを騙すようにして医者に連れてきた、という申し訳ない気持ちもあるのだろう。

千紗が今にも網の袋を開きそうになったので、美津は慌てて立ち上がった。

と、生垣が、がさっと鳴った。

「お美津ちゃん、いるかい？　いるよね？　あ、白魚のお千紗さんじゃないか、今日こそは白魚のように美しい猫さんがご一緒かい？」

「白魚！」

仙が生垣を揺らしながら庭に滑り込んできたのと、千紗が悲鳴を上げたのは同時だった。

白魚がとんでもない力で暴れ回って、千紗の腕から飛び出したのだ。

美津は咄嗟《とっさ》に白魚の後ろ脚を摑んだ。

だが同時にばりっと音がして、手の甲が焼けるように痛む。

白魚の爪が美津の肌を切り裂き、牙が喰い込んだ。

「きゃっ！」

ほんの一息の間だけ奥歯を嚙み締めて堪えようとしたが、すぐに無理だと悟った。獣が本気でその場から逃げ出そうとしたら、それこそ己の手足を切り落としてでも逃げようとする。これ以上白魚の脚を無理矢理摑んだら骨が折れてしまう。

白魚は一目散に庭に飛び出した。慌てて皆で追いかけて庭に出たそのときには、もう白魚の姿は跡形もなかった。

「噓でしょう、白魚、白魚、白魚……」

千紗が呆然《ぼうぜん》とした様子でへたり込んだ。

「ごめんなさい、私が驚かせてしまったせいですよ。必ず白魚を探し出します。命を懸けて探してみせますとも」

仙もさすがに事の大きさに気付いて、青い顔をしている。

「違います。私がいけないんです。お美津さんが袋を開けてはいけないって忠言してくださったのに、白魚が怪我をしているんじゃないかと思ったら、一刻も早く窮屈な網から出してやらなくちゃいけないような気になってしまって……」

千紗の手はわなわなと震えている。

己のいちばんの友として一緒に暮らしていた猫が、見知らぬ場所でいなくなってしまうとは。どれほど恐ろしいことか美津にもよくわかる。

「平気ですよ。きっとすぐに見つかります。一緒に探しましょう」

まだ遠くには行っていないはずだ。

ぼんやりしている暇はない。草の根を分けてでも白魚を探し出さなくては。

「白魚、白魚、お願い、出てきて」

千紗の悲痛な呼び声が響く。

「白魚さんや、白魚さん、どこにいっちまったんだい？　後生だから、出てきておくれよ」

仙も着物が泥で汚れるのを構いもせず、懸命に軒下を覗き込む。

美津は、困った、どうしよう、どうしようと胸で唱えながら、ひとまず落ち着かなくてはと空を見上げる。

つい先ほどまではお天道《てんとう》さまの暖かさで気付かなかったが、今日は風の強い日だ。この風は夜になったら冷たく身に刺さるに違いない。

暗くなる前に、何とかして白魚を探し出さなくては。

手に網の袋を握って生垣の向こうへ出ると、ちょうど往診から戻ってきた凌雲の姿を見つけた。

「凌雲さん、たいへんです！」

泣きたくなるような気持ちで駆け寄った。

「お美津、どうした？」

のんびりと歩いていた凌雲が、怪訝そうに足を止めた。

「白魚、白魚、ごめんね、許して、お願いよ、もう二度と騙してお医者に連れて行ったりなんてしないから」

千紗のむせび泣く声に、はっとした顔をする。

「白魚が逃げ出したのか」

「ええ、そうなんです。籠に入れてここまで来た間に、白魚が怪我をしてしまったようで、毛並みに血が付いていたんです。それで驚いたお千紗さんが網の袋から出そうとしてしまって……」

「いつのことだ？」

「今さっきです。逃げ出してから、ほんの百も数えていません」

「ならば平気だ、必ず見つかる。そんな泣きべそ顔をすることはないぞ」

凌雲は力強く言うと、美津の頭にそっと掌を置いた。

七

「安心しろ。大の大人が四人で全力で探せば、白魚は必ず見つかる」

凌雲が言い切ると、千紗がうっと呻《うめ》いてその場で泣き崩れた。

「すべて私がいけなかったんです！　白魚！　ああ白魚！」

「まずはその声を落とすんだ。泣いても騒いでも、白魚は怯えて余計に遠くへ行ってしまうだけだぞ」

凌雲が厳しい顔をした。

「大事な友がいなくなってしまったんですよ。もしこのまま会えなくなってしまったら……」

「白魚を見つけたければ、すぐに泣き止め。そして普段どおりの声で白魚を呼んでやれ。飯の用意ができたとき、行燈《あんどん》を消してもう寝ようというときのようにな」

「普段どおりの声、ですか……」

「そうだ、そんな鬼気迫る調子で呼ばれれば、のこのこ出てきたらこっぴどく叱られるんじゃないかと怯えて身を隠す。人の悪戯《いたずら》坊主だってそう思うだろう？」

凌雲が千紗を安心させるように微笑《ほほえ》んだ。

「は、はい。確かに。それでは、ごはんをあげるときのように、おやすみ、というときのように……。白魚、おいで、しらうおー、どこにいっちゃったんだい？」

千紗の声はまだ微《かす》かに震えていた。だが、やるならばとことんやろうと心を決めたのだろう。呼び声が柔らかくなると同時に、涙に濡れていた頬にも微かな笑みが浮かんだ。

「この間に私たちは白魚の隠れ場所を探すんだ。藪《やぶ》の中や軒下、木の上や塀の陰、かくれんぼをする子供になったつもりで、この家の周りで居心地の良い隠れ場所を探そう」

凌雲があちこちを指さした。

「かくれんぼ、ねえ。よくわかりました。ですが凌雲先生、この家の周りだけで良いんですか？　誰かひとりは、道行く人に白魚を見なかったか聞いてみてはどうでしょうね？」

仙が袖を捲《まく》って今にも駆け出そうとした。

「いや、それはもしも一昼夜以上白魚が見つからなければの話だ。姿が見えなくなってすぐならば、必ず白魚は近くにいる。猫というのはとても臆病な獣だ。いきなり知らない場に放り出されたら、間違いなく怯えて身体が動かなくなってしまうはずなんだ。まずは咄嗟に目に付いた、いちばん身近な隠れ場所にいるはずだ」

「わかりました。それじゃあ、この家の周囲で白魚が隠れることができそうな場所を、虱潰《しらみつぶ》しに探せばいいってわけですね。呼び声はもちろん、お千紗さんみたくのんびり優しく、ですよね？　おうい、白魚、白魚ちゃん」

「いや、言い忘れていたが、お仙、お前は白魚を呼んではいけない。見知らぬ人に己の名を呼ばれても、猫には騒々しい音にしか聞こえない。身に危険が迫っていると考えて、もっと見つけにくい奥へ逃げてしまうこともある」

「それじゃ、白魚を探す間、私たちはだんまりってことですね？」

仙が唇をぴたりと結んでみせた。

「そうだ。騒ぎ立てず、できる限り静かに、ただ隠れ場所を探すんだ」

「合点しました！　さあ、お美津ちゃん、手分けをしていこう。私はこの家の軒下をどこまでも這《は》い回って探すよ。お美津ちゃんはどこにする？」

「そうね、それじゃあ、私は庭を探すわ。生垣の間と藪の中、それと、庭の畑の道具入れの近くも隠れる場所がたくさんありそう」

仙と顔を見合わせて、うんっと頷き合った。

「私は、表に出てすぐの乾いた溝《みぞ》の奥と、松の木の上を探そう」

凌雲は頷いた。

《毛玉堂》の庭にしばらく、美津と仙がごそごそいう音と、どうにかこうにか楽し気な様子を装った千紗の声が重なった。

「あ、凌雲先生、すみませんねえ。あらあら、とても助かります」

仙の声に振り返ると、凌雲が軒下に潜り込んだ仙に、灯を入れた提灯《ちょうちん》を手渡していた。提灯は二つある。もう一つは表の溝の奥を探す己の分だろう。

「暗闇を明るく照らして、白魚の姿を探し出そうとはしなくても良いぞ。こうして光を一周、ぐるりと巡らせるだけでいいんだ」

凌雲が視線の先で提灯をゆっくり回してみせた。

「へえ、こうですか？」

着物の膝を泥まみれにした仙が、それに倣《なら》う。

「そうだ。もしも暗闇のどこかに白魚がいれば、間違いなく真正面からこちらの出方を窺《うかが》っているはずだ。猫の見開いた目は行燈の光を跳ね返して、鏡のようにぎらぎら光るんだ」

「あの海みたいに青い何とも美しい目ですね！　私が見逃すはずはありません！」

仙は頼もしく拳を力強く握ってみせてから、意気揚々と軒下に頭を突っ込む。

と、動きが止まった。

まるで息絶えたかのようにしばらく固まってから、あんぐり口を開けてそろりそろりと軒下から出てくる。

「蛇だ。おっきなおっきな蛇が、奥でとぐろを巻いていたよ」

美津は思わずぞくりとして身を縮めた。

大声を上げなかった仙は偉い。本気で白魚を見つけ出そうとするその覚悟に感心した。

「そうか。ならここに白魚が隠れていることはなさそうだ」

己の家の軒下に大蛇が潜んでいると聞いても、まったく動じない凌雲が羨ましい。

美津は、ちろちろ舌を出す大蛇の姿がしばらく頭の隅にちらつくのを抑えられないまま、おっかなびっくり庭のさまざまな隠れ場を覗き込んだ。

「あら？」

なんだか妙な感じだ。

肩のあたりがそわそわして居心地が悪い。

これは誰かの視線を感じているのだ。

はっとして振り返る。

目を凝らし、耳を澄ます。

風の音に隠れて、小さな小さな猫の鳴き声が聞こえた。

どこから聞こえているんだろう。周囲を見回すが猫の姿はない。

あまりにもか細い声なのと風の向きのせいで、場所まではわからない。

「えっと、白魚、どこにいるのかしら？」

囁《ささや》くような声で呟いた。

応えるような太い鳴き声。

上だ。

はっと顔を上げると、《毛玉堂》の庭の隅にある杉の木の上で、木の葉がざっと揺れた。白い毛並みがちらりと見える。

見つけた。

美津は息を呑《の》んだ。

八

「ああ、白魚。そこにいたのね！」

千紗が心からほっとした声を上げた。

杉の木の上の白魚は目を見開いてこちらを見下ろして、太い声で鳴く。

先ほど美津を呼んだときの遠慮がちな声とはまるで違う、人と通じ合っている声だ。白魚は千紗が迎えに来てくれることを待ち構えていたに違いない。

「さあ、下りていらっしゃいな。どうしたの？　もし途中で足を滑らせて落っこちても、必ず受け止めてあげる。さあ、さあ。平気よ。平気だから」

千紗が両腕を大きく広げる。白魚も早く助けてくれとでもいうように、うんと身を乗り出す。

だが白魚の前脚は動かないままだ。下へ向かう一歩がどうしても踏み出せない。

「杉の木から下りることができなくなっていたのか」

凌雲は頭上の白魚の様子にしばらく目を凝らしてから頷いた。

「猫は木登りが得意ですよね？　私たちは何もせず、しばらく白魚とお千紗さんと二人きりにしてあげれば、己のほうから下りて来る、というわけにはいかないんでしょうか？」

美津が訊くと、凌雲は難しい顔で「この場合は人の助けが要る。放っておいたら身体が弱ってしまうだけだ」と言った。

「猫の鉤爪というのは、木肌を上るには適しているが、逆に下りようと踏ん張ると、いとも簡単に折れてしまう。爪が折れれば、当然ひどい痛みを伴う。異変に怯えて咄嗟に木の高いところまでよじ上った猫が、下りられなくなってしまうことはとても多いんだ」

「確かにうちのおミケは、一緒に近所の林に散歩に出ても、私の背丈ほどの小さな木にしか上ろうとしませんね。下りるときは最初の一歩だけ踏ん張りますが、あとは、足場になる枝に向かって、ひょいひょいと飛び移っていました」

仙が困った顔で白魚を見上げる。

「そうだ、この杉の木のように低い位置に足場が一切ない大木は、平静な状態の猫はまず上らない。ひとたび上ったら下りることができなくなってしまうとわかっているはずなんだ」

凌雲が太い杉の木の木肌を撫でた。

「お仙、このあたりで大工の知り合いはいるか？　できる限り高い梯子《はしご》を借りてきて欲しい」

「承知しました！　知り合いなんていやしませんが、作事場ならいくつか心当たりがあります。この私が本気で頼めば、今まさによじ登っている最中の梯子だって貸してくれますよ」

そんな頼もしいことを言ってすっ飛んでいった仙は、ほんとうにあっという間に長い梯子を抱えた大工職人を伴って戻ってきた。

「猫が木の上から下りられなくなったって？　そんなの、俺が木に上がって棒でちょいと突けば、あっという間に落っこちてくるさ」

大工はすっかりのぼせ上がった様子で、仙にちらちらと好色そうな目を向けながら得意げに胸を張った。

仕事中の職人があっという間に作事の場を放り出してくるくらいだから、仙はずいぶんと艶っぽい頼み方をしたに違いない。

「白魚を棒で突くですって⁉　そ、そんなことはどうぞおやめくださいな！」

千紗が今にも倒れそうな青い顔をした。

「お千紗、安心しろ。そんな物騒な方法に頼るのは、もうどうにもならなくなった最後の最後だ」

凌雲が首を横に振った。

「梯子を掛けてくれ。あの枝まで届くか？」

凌雲が指先を向けると、白魚は攻撃されると思ったのか、蛇のように口を開いてふーっと威嚇した。

「そりゃ、届くことは届くけれど、あんな細い枝じゃ、人の身体の重さは支えきれねえぜ？」

仙に良いところを見せられるわけではなさそうだと気付いた大工が、途端につまらなそうに肩を竦める。

「それでいいんだ。下りるのは猫だ」

「へえ、猫が梯子を使うのかい？」

大工は梯子にしがみついて下りる真似をしてみせてから、首を捻った。

白魚の近くの枝に梯子が架かった。

杉の木が揺れる。

白魚は怯えたように身を縮めたり、何とか逃げ場がないかと迷うようにもっと上を見上げたりしたが、木の揺れが収まると、これは何に使うものかとしげしげと梯子を眺めた。

「お千紗、呼んでやってくれ。優しく、安心させるようにな」

凌雲に言われて、千紗は真剣な顔で頷いた。

「白魚、白魚、下りておいで、平気よ」

「あっ」

美津と仙で声を合わせた。

白魚は梯子の匂いを嗅いだ。しかしそれもほんの一呼吸だ。はっと気づいたように目を見開くと、滑るように滑らかな足取りで一気に梯子を下りていった。

「ああ、よかった！　白魚ちゃん、その梯子は私が苦労して探してきたんだよ。気に入ってくれて何よりだよう！」

仙は安堵《あんど》のあまり、目に涙を浮かべてその場にへたり込んだ。

「白魚、ごめんね！」

地面まで下りたところを、千紗がしっかり抱き留める。

「せっかく安心したところだが、ここでまた逃げ出してしまっては元も子もない。もう一度網の袋に入れて、じっくり脚の様子を診よう」

凌雲に言われて、千紗は「はい、もちろんです」と、今度こそ一切の迷いのない顔で頷いた。

九

「爪が二つ折れている。これは今さっき、木から自力で下りようと試みたときのものだろう。血は止まっている。きちんと洗って清潔にしておけば大丈夫だ」

凌雲が網の袋ごしに、白魚の前足の爪をじっと検分した。

白魚の爪は根元からぽきりと折れて血が出ている。白魚の白い毛並みのあちこちに血の跡が飛んで、何とも痛々しい姿だ。

凌雲は傷口を水桶の水で拭《ぬぐ》った。

洗ったおかげで血の跡があらかた消える。茶色い血がこびり付いていた桃色の肉球も、ずいぶんきれいになった。

「あら？　この跡、何かしら？」

美津は思わず目を凝らした。

白魚の肉球に赤い点がついている。一、二、三、四つある。

「やはりそうか。これが、白魚の四脚が入れ替わり立ち代わり不調になる理由だ」

「えっ？　白魚の足の裏を見ただけで、おわかりになったんですか？」

千紗が身を乗り出した。

「ああ、お千紗は半年前に、ずいぶん広い家の広い部屋に引っ越したと言っていたな」

凌雲が白魚の頭を撫でた。網の中に押し込まれた白魚はちっとも気持ちよくなさそうに、不審げな目を向ける。

「え、ええ。前の長屋の部屋がいくつもすっぽり入ってしまうような、馬鹿みたいに広くて大きいがらんどうの部屋です」

傍らの仙が「さすが玉の輿だ」とでも言いたげにひゅうっと口笛を吹くが、千紗は前と同じく少しも嬉しそうな様子もなく悲痛な面持ちだ。

「広い部屋、それも隠れ場所のほとんどないがらんどうの部屋なんて、臆病者の猫にとっては怖いだけさ。生まれたときからそこで暮らしていた仔猫ならまだしも、白魚はこの年になるまで狭い長屋の箪笥の上で、あんたの働くところを眺めて暮らしていたんだろう？」

「ええ、白魚はずっと箪笥の上から私のことを……」

千紗の眉間に苦悩の皺《しわ》が寄る。

「白魚の爪を見てみろ。猫の爪は、畳の広い部屋をてくてく歩いているだけではうまく剝《は》がれることができない。そのせいで伸びきった爪が丸まって、肉球に刺さってしまったんだ」

凌雲が白魚の前脚、後脚の爪を手際よく示した。

「あっ」

後脚を見て、千紗が息を呑んだ。肉球には他の脚と同じく四つの点。だがその点には生々しく血が滲《にじ》んでいて、明らかに傷跡だとわかる。

白魚が《毛玉堂》に連れてこられたとき、網の袋から逃げてしまう前に美津が見つけたのは、この傷口から流れ出した血だ。

「猫の爪は人のものとは違って、幾層にもなる殻のような形をしている。普段の生活の中でなら、走り回ったりよじ登ったりをきっかけに、いちばん外側の殻が割れるようにして剝がれていく。白魚は尖った爪が刺さって肉球に痛みを感じるたびに、己の爪を嚙んで、どうにかこうにか伸びすぎたところを剝がしていたんだろう。だがこちらの爪を剝がしても、今度は別の脚の爪が伸びてくる。そうやって伸びた爪が肉球を傷めるたびに、その脚を引きずっていたんだ」

「それじゃあ、白魚はあの新しい家に引っ越してから、居場所がなくてほとんど動くことができなかったせいで、爪が伸び切ってしまったんですね？　これから私は、どうしてあげたらいいんでしょう？」

千紗が縋るような目をして凌雲ににじり寄った。

「梯子を掛けて、梁《はり》に上がれるようにしてやれ。それほど大きなお屋敷ということは、いい具合に立派な梁が巡っているんだろう？　猫は、上からその場の光景を見下ろすことができれば新しい家でも安心するはずだ」

「梯子を上り下りしたり、梁の上を落っこちないように歩き回ることで、白魚の爪が伸びすぎることを防ぐんですね？」

「それもあるが、上に上がらせてやることで何より白魚の気が晴れる。そうすればお千紗も気軽に白魚と接して爪の長さに気を配ってやることができるようになる。それに、家に戻ったお千紗の声を聴くたびに、文句の雄叫びを上げることも減るだろう」

「えっ？　文句の雄叫びですって？」

千紗がきょとんとした顔をした。

「白魚が怒っていたのは、姑にじゃない。あんたに対してさ。新しい生活に居心の悪さを感じているからといって、家でも常に姑に嫌味を言われていると邪推して、むきになって、大事な相棒が隅っこに引きこもって困っている様子を気遣うこともできていなかった、勝手なあんたに怒っていたんだ」

「白魚は、私に、怒っていた……」

千紗が呆然としたように繰り返す。

「ちょ、ちょっと、凌雲先生、そんな言い方はいけませんよ。お千紗さんだって、新しい暮らしに慣れるためにほんとうに苦労されているんですよ。女の人がこれまでのすべてを捨てて嫁ぐのって、どれだけたいへんなことか。男の凌雲先生にはわからないでしょう？」

美津は思わず割って入った。

仙が横で、大きく、大きく頷く。

「いいえ、お美津さん、凌雲先生の言うとおりです」

千紗が静かに言った。

「白魚は、大きな家に引っ越したいなんて少しも望んじゃいませんでした。ただ私と二人で、あのおんぼろ長屋で末永く暮らすことができれば、それだけで幸せだと思ってくれていたんです。それは私が思っていたよりも、もっともっと切実なものでした」

千紗が白魚の背に掌を乗せた。

「この嫁入りは、私が望んだことです。私が主人と出会い、この人と所帯を持ちたい、と心から思ったんです。己が決めたことには覚悟を持たなくてはいけません。そうでなくては、何が何やらわからずにこれまでの楽しかった生活をすべて捨てさせてしまった白魚に、申し訳が立ちません」

千紗は、白魚、ごめんね、と呟いて幾度も幾度も頭を撫でた。

「この子に比べれば、私が捨てたことなんてちっぽけなもんです。外でどんな陰口を叩かれても、すべて私自身が望んだことですから。私が選んだことですから。乗り越えられないはずはありません」

「白魚には、お千紗しかいないんだ。お千紗に気を配ってもらわなくては、身体を壮健に保つことさえできない」

凌雲が頷いた。

「一方で人にとって獣を飼うというのは、一生獣に振り回されることでもある。お前がいなくては生きていけないと、のべつ幕なしに訴える危なっかしい相手が、二六時中家で待ち構えているということだ」

凌雲の言葉に、千紗は大きく頷いた。

白魚の白い毛並みに、千紗の大粒の涙がぽつりと落ちた。

十

麗《うら》らかな陽の光の注ぐ《毛玉堂》の縁側で、仙と美津はお煎餅《せんべい》を食べながら庭を眺めた。

美津の周りでは、三匹の犬たちがお地蔵さんのように微動だにせずに、お煎餅の欠片《かけら》が落っこちてくるのを今か今かと見守っている。

この家では、獣に人が食べている物をあげてはいけないという決まりだ。美津はそんな三匹に胸の内で「ごめんね」と呟いて、わざと顔をあらぬほうへ向けて気づかないふりをする。

犬たちほど食い意地が張っていないマネキは、仙に丁寧に毛並みを撫でてもらって嬉しそうだ。仙がぼりぼりと齧《かじ》るお煎餅の欠片が鼻の頭に落ちても、軽く顔を振って落としている。

「ねえ、お美津ちゃん、私、お千紗と白魚を見て、気付いたんだよ」

「あら、何かしら、ぜひぜひ教えてちょうだいな」

仙と千紗、どこか似たところのある境遇だと、ちょうど思っていたところだ。

あれから千紗は、すっかり覚悟を決めて《梅坂屋》の嫁として生きている。

日本橋の《梅坂屋》の店先で、毎朝早くから掃き掃除をしているという噂を仙から聞いた。時には、姑と二人で楽し気に芝居小屋に顔を出す姿も見られるという。

「あれが年増の玉の輿さ、いったいどうしてあんなつまらない女が?」なんて、道行く人にひそひそと噂をされても、姑と良く似た若々しい形に髪を結い、洟《はな》も引っかけないような涼しい顔をしていると聞く。

きっと白魚は広い部屋でするすると梯子を上り下りしながら、毎日のように千紗の愚痴を存分に聞いてやっているに違いない。

「猫さんにとっては、部屋の広さより上下に移動できる高さが何より大事なんだね」

「え? そ、そうね」

きょとんとしてから、慌てて頷いた。

「てっきりお千紗さんみたいに、覚悟を決めて馬場の家でもう少し奮闘してみようって言い出してくれるのかと思ったわ」

なーんだ、と力が抜ける。

「お千紗と私は、まったく違うさ。あの女には白魚っていう連れ子がいるだろう? どこの家に嫁いだって、白魚をいちばんに考えてやらなきゃいけないのさ。けど、私にとっていちばんに考えなくちゃいけないのは、どれだけ私が美しくあるかなのさ。

誰のところに嫁いだら私の美しさを保てるか、もう一度、考え直さなくちゃいけないのかもしれないよ」

「美しく、あるか」

どうにかこうにか、真面目な顔で繰り返す。

「そうだよ。私は、私の思うままに生きなくちゃいけないんだ。誰かの顔色を窺って、受け入れてもらえるか、嫌われたらどうしよう、なんてびくびくしている私なんて、少しも美しくないんだ。お美津ちゃんと善次《ぜんじ》がそれを教えてくれたじゃないか」

善次の名を聞いて、はっとする。

仙が政之助に頼まれたといって連れてきたのをきっかけに、しばらく《毛玉堂》で預かっていた可愛い可愛い男の子だ。

あの当時の仙は、政之助との恋衣がうまくいくか否かいつも憂慮していた。政之助に嫌われるのを恐れるあまり、善次の素性さえまともに問い正すことができなかったほどだ。

そんな日々を乗り越えてずいぶん逞《たくま》しくなったと喜ばしく思っていたが、今度は少々強情を張りすぎるようにも思える。

「誰のところに嫁ぐかなんて、政之助さん以外にいい人なんて見つからないでしょう?」

「いや、そんなこともないよ。私に惚《ほ》れている男はいくらでもいるからね」

「ええっ! お仙ちゃん、それはいけないわ!」

馬場家の養女の立場のままで、他の男との噂が出たりなどしたらたいへんなことになる。

「駄目よ、もしも政之助さんのことが宙ぶらりんのまま他の人とそういうことになったら、お仙ちゃんとは絶交だから!」

仙の顔をしっかり見て言った。

「……わかってるよう。冗談さ」

仙がきまり悪そうな顔をして肩を竦めた。

「あーあ。今までの心地良いことはなーんにも変わらないまま、良いこと、楽しいことだけが次々にくっついてくるって気楽な行く末は、ないもんなのかねえ」

仙がマネキの耳を、兎のようにきゅっと上に寄せた。

マネキが仏像のように静かな顔で首を左右に振り、それをやんわり振りほどく。

「私は、大好きな政さんと甘い時を過ごしていたいだけなのにさあ」

ふと美津の心に凌雲の姿が浮かんだ。

嫌だ、何を考えているの。私は今のままでじゅうぶん幸せなのよ。

慌てて、ぶんぶん、と首を横に振る。

「ん？　お美津ちゃん、どうかしたかい？　顔が真っ赤だよ？」

「あっ！　たいへん！」

首を振った拍子に、お煎餅を入れていた菓子皿を引っ繰り返してしまった。

三匹の犬たちの足元に、欠けたお煎餅が飛び散った。

「だめよ！　ぜったいに食べちゃだめよ！」

涎《よだれ》を垂らして駆け寄ろうとする三匹を野太い声で制したら、仙が可笑《おか》しそうにくすっと笑った。

「はい、はい、すぐに片づけますよ。あっちに行っていなさい」

鬼のように怖い顔で手早く拾い集めたら、三匹はいかにも哀れそうに鼻声で鳴いた。

「なんだか可哀そうだねえ。そんなに悲しそうに鳴かれたら、犬といえども心が痛むよ。汚れちまってもう食べられないお煎餅くらい、喰わせてやってもいいいんじゃないかい？」

「塩気は獣の身体によくないの。この子たちのためなのよ」

「へえっ、そうかい。塩気ねえ。こんなもんでもいけないんだねえ」

仙が己の歯形がついた煎餅をしげしげと眺めた。

「よし、これで平気ね。もう少ししたら用意しておいたご飯をあげるから。みんな揃ってそんな目をしないの」

美津が三匹の頭に交互に掌を乗せて言い聞かせると、犬たちは恨めしそうな顔をして、きゅうんと鳴いた。

ご隠居鳥

一

《毛玉堂》の庭で、茶太郎と黒太郎がふざけ合っている。

最初はお互い軽く飛びつき合って楽し気に過ごしていた。だがそのうち若い二匹の犬は転がり回るように走っては高らかに吠《ほ》えはじめ、明らかに気が高ぶり過ぎた様子になってきた。

そろそろ止めさせなくては。美津が横目を向けると、それを察したように、眠そうな顔で二匹を眺めていた年長の白太郎が立ち上がった。

睨《にら》みを利かせているというほどでもないが、しっかりと力強い目で子分たちに言い聞かせるように見つめる。

すると、二匹は慌てた様子で身を離し、今までの盛り上がりが嘘のように素知らぬ顔をした。剽軽《ひょうきん》ものの黒太郎に至っては、愛想笑いを浮かべるように尾を振って誤魔化している。

白太郎、ありがとうね。胸の内で呟いてから、美津は気を取り直して鏡を覗き込んだ。紅を塗った薬指で唇をなぞる。

「そうそう、それでいいのさ。うまい、うまい。おうっと！」

手鏡をこちらに向けて真剣な顔をしていた仙が、慌てて美津の手を止めた。

「駄目駄目、お美津ちゃん、それじゃいけないよ。せっかくの可愛らしいお顔が台無しだ」

「えっ？」

美津はきょとんとして鏡を覗き込んだ。

《毛玉堂》の縁側で、仙に化粧を教えてもらっているところだ。

我ながら、鏡に映っている顔はなかなか大人びて見えるが……。

「唇よりも外側に紅を塗ったら、まるで人喰い鬼だ。紅ってのはなるべく唇がちっちゃく見えるように、おちょぼ口に見えるように、ちょいちょいと小さい形を取るもんなんだよ。もうっ、私に貸してごらん？」

仙が美津の手から、金箔《はく》を貼った蛤《はまぐり》の貝殻を取り上げた。

美津が描いた紅をすべてそっくりちり紙で拭う。貝殻を開くと、笹《ささ》色の紅を指に取って慣れた手つきでぽんぽんと載せていく。

「わあ、お仙ちゃん、すごいわ！」

笹色の紅が、唇の上でみるみるうちに朱色に変わっていく。

小豆みたいに壮健で血色の良い唇の色を嫌だと思ったことはない。それなのにうまく唇に紅を載せてみると、それだけで嘘のように顔が艶めく。

「なんだか夢を観ているみたいだわ。自分の顔じゃないみたい……」

思わず鏡の中に目を奪われてしまう。唇を窄《すぼ》めてみて、にっこりと笑って見せたら、まるで花魁《おいらん》に流し目を貰《もら》ったように胸が高鳴った。これぞまさに自惚《うぬぼ》れ、だ。

「いいねえ、初めて化粧をしたときを思い出すよ。そのうちすぐに、紅を差しているそのときの顔こそが己の顔だって思うようになるさ。私なんて化粧を落としてからは、次に化粧をする朝まで決して鏡は覗かないって決めているんだよ。そんなことで、お江戸いちばんの別嬪《べっぴん》の自負が揺らいじまったらよくないからねえ。この美しさを保つには、そういう日々の心持ちが大事なのさ」

「……お仙ちゃん、私の顔、おかしくないかしら？」

仙のお喋《しゃべ》りが半分も耳に入ってこない気持ちで、熱っぽい声で訊く。

「おかしいはずないだろう！　お美津ちゃん、化粧をしたあんたは綺麗だよ。普段の蒸《ふ》かしたお芋《いも》が似合いそうな娘っ子とは別人さ！」

「蒸かしたお芋ですって？　まあ、失礼しちゃう」

頬を膨《ふく》らませて仙を睨む。いつもの仕草のはずなのに、鏡の中の己は、惚れた相手に拗ねてみせているように唇を尖らせている。

「おっと、口が滑ったよ。でもあんたのその色っぽい姿を見たら、凌雲先生だって間違いなくくらりと参っちまうよ」

「わっ、お仙ちゃん、やめてよ。凌雲さんに聞かれたらどうするの？」

慌てて声を潜めたその時、厳めしく帯刀した一人の男が「失礼、お邪魔申す」と胸を張って現れた。

「《毛玉堂》のお美津殿だな。これより若さまがこの家へお忍びで参られる。くれぐれも口外、詮索なきよう、よろしくお頼み申し上げる」

「若さま、ですって？」

思わず上ずった声が出た。

大名一家が大事に可愛がっている犬猫の具合が悪くなった、ということだろうか？

もしそうならば、万が一にでも粗相があってはたいへんなことになる。

「それでしたら、大名家のお抱えのお医者様に診ていただいたほうが……」なんて逃げ腰になりそうな気分だ。

「こりゃ、大ごとだよ……」

馬場善五兵衛の家を逃げ出している最中という手前、遣いの男の武家言葉に居心が悪いのだろう。仙の顔も引き攣《つ》っている。

と、《毛玉堂》の表門を通って、前後に四人の家来を引き連れた豪華な駕籠《かご》がやってきた。お忍びというにはずいぶんと大仰だ。

金箔がびっしり貼られた引き戸が、少々呑気な音を立ててぱたんと開く。

「お美津さん！」

「まあ、善次、あなただったのね！」

美津は満面の笑みで叫んだ。

かつて美津と凌雲が《毛玉堂》で大事に可愛がった善次は、結局、播磨《はりま》姫路《ひめじ》酒井《さかい》家の大名である己の実の父親の元へ戻っていった。それまで己の生まれを隠しながら市中で暮らしていた善次が、ようやくひとところに落ち着いて生活することができるようになった。それがちょうど半年ほど前の話だ。

「お久しぶりです！　白太郎、黒太郎、茶太郎、それにマネキも！　なんて懐かしいのでしょう！」

善次は目を細めて《毛玉堂》を見回した。

「お美津さん、紅を差されるようになったのですね。とてもよくお似合いですよ」

善次は母親を懐かし気に見上げる少年の顔をしてから、「ああっ！　お仙さんまでいらっしゃる！」と、歓声を上げた。

「わあ！　善次かい？　ほんの半年でずいぶん大きくなったねえ。喋り方まで、あっという間に、ずいぶんお利口そうになっちまったねえ」

仙が駆け寄ると、善次は「おや、倉地家へのお嫁入りはどうなりましたか？」と、無邪気に訊く。

「どうもなっていらっしゃらないよ。大人にはいろいろあるのさ。放っておいておくれ。いくら小憎らしい喋り方をしてみせたって、あんたはまだまだ子供だろう？」

仙が善次の頭をこつんと叩くと、家来たちが泡を喰ったように顔を見合わせた。

「あれ、凌雲先生は、今日はどちらにいらっしゃいますか？　人を通じて鸚哥《いんこ》を見せてもらえることになったので、せっかくだから皆さんもご一緒しませんか、というお誘いなんです」

ようやく善次の語り口が、《毛玉堂》で暮らしていた頃の幼い調子に戻ってきた。

「鸚哥ですって？　まあ、珍しい。すぐに凌雲先生を呼んでくるわね。凌雲さん、善次が訪ねてきましたよ！」

「善次、そっちの暮らしはどうだい？」「お仙さんこそ、馬場家の暮らしはいかがですか？」「うるさいねえ、それは放っておいておくれっていっただろう。あんまりしつこいとその可愛い頬っぺたを抓《つね》ってやるよ？」なんてはしゃぎ合っている声を背に、部屋の奥に声を掛ける。

「善次だって？」

凌雲が廊下を一目散に駆けてきた。

美津はあっと気付いて、紅を塗った唇を手で隠す。

「そ、そうです！　今しがた、善次がお駕籠に乗ってやってきたんですよ。今から鸚哥を見に行くそうで、凌雲先生も一緒にいかがですか、って」

凌雲は美津の紅には少しも気付かなかったようだ。

ほっとする反面、どこか淋《さみ》しくもある。

指先でさりげなく紅を拭い取った。

「鸚哥だって!?　それは面白い。ぜひとも若さまにご一緒させていただこうじゃないか。おうい、善次！　わっ、ずいぶん大きくなったな。二回りは背が伸びたか！」

「凌雲先生！　ご無沙汰をしてすみません。心よりお会いしたかったです！」

再会を喜び合う皆の周りを、白太郎黒太郎茶太郎の三匹が、尾を千切れんばかりに振って走り回る。

美津は指先にべっとり付いてしまった紅を、懐のちり紙で密《ひそ》かに拭き取った。

二

善次のお駕籠を追いかけて辿《たど》り着いたのは、湯島天神《ゆしまてんじん》へ向かう表通りから小道に入るといきなり現れる、立派な門構えの料亭だった。

大名屋敷のように大きな料亭がこんな人通りの少ないところにあるなんて、ちっとも知らなかった。

よほど裕福な人たちだけを相手に、知る人ぞ知る店として商売をしているのだろう。

門を入ってよく手入れされた庭をしばらく進んでから玄関に着く。ようやく玄関先に、《玉屋《たまや》》と屋号が描かれた提灯がひとつ飾られていた。

「若さま、これはこれは。ようこそお越しいただきました。お望みの鸚哥はこちらでございます。若さまがいらっしゃるのを、羽を伸ばして今か今かとお待ちかねでございましたよ」

店の主人が平身低頭しながら、広い玄関の一番目立つところに置かれた籠を示した。

「わあ、緋鸚哥《ひいんこ》ね。なんて綺麗なのかしら」

思わずうっとりとため息をついた。

男の掌を大きく広げたくらいの、鸚哥にしては大きめな身体だ。

目が覚めるような赤い羽に、翼の先だけが漆のように黒ずんで七色の光を放っている。浅草寺《せんそうじ》の奥山に行けば、この緋鸚哥一羽を連れているだけで見世物として金を取れるに違いない。珍しく美しい姿だ。

生き物が持って生まれた紅というのは、身体の芯《しん》から光り輝いて見えると思い知る。

この美しさ、華やかさに比べたら私の化粧の顔は偽物だ。やはり無理して紅を差した姿を凌雲に気付かれなくてよかった、なんてこっそり思う。

鸚哥は口笛を吹くように、ひゅっと鳴いた。それから喉元をころころ鳴らしながら、己の歌声に合わせて尾を振って踊ってみせる。

「わっ、かっ、さまっ！」

「えっ？　今、何か喋ったかしら？」

美津と善次は顔を見合わせた。

「わ、か、さま。わかさま、わかさま！」

鸚哥は軽々と止まり木を飛び交いながら、得意げにこちらをまっすぐに見て、「若さま」の名を呼ぶ。

「わっ！　人の言葉を喋るんですか！」

善次は目を丸くしている。

「そのとおりでございます。若さまがここへいらしていただけるとのことでしたので、大急ぎで鳥屋に頼んで、言葉を仕込ませていただきました」

「頭の良い鳥だ。鸚哥は陽気で人懐こく、耳が良いと聞いていたが、これほどとはな」

凌雲が唸《うな》る。

素早く善次が帳面を開いた。

「善次、いったい何を……？」

美津が首を傾《かし》げたところで。

「そうか、絵を描くためだったのか」

「ええ、そうです！　私は今、春信先生に極楽浄土を描いてみるようにと言われているのです」

得意げに胸を張る。

「そうか、春信か。こんな小さな子供に極楽浄土の絵を描けとは、ずいぶんと厳しい師匠だな。耳麻呂《みみまろ》は壮健にしているか？」

善次の師匠である絵師の鈴木春信は、かつて兎の耳麻呂の禿《はげ》を治してもらうために《毛玉堂》にやってきたことがあった。《鍵屋》で働く仙の絵を見事に描いて名を上げて、今では飛ぶ鳥を落とす勢いの人気絵師となっている。

「ええ、相変わらずおサビ姐《ねえ》さんと仲良く過ごしています。私もあの二匹を手本に、どれほど絵の訓練をさせてもらったかわかりません。ですが、極楽浄土の絵に現れるのは、あんな呑気な二匹ではいけないというのです。象や駱駝《らくだ》やさまざまな洋鳥など、皆がめでたい気持ちになるような華やかなものが必要だと」

善次はさらさらと筆を走らせる。

「春信先生は、手本なぞなくとも人の話を聞くだけで頭の中に絵を描いてしまう才があります。ですが弟子の私には、まだまだそれは難しい話です。どうしたものかと悩んでいたところで、春信先生が、本物の鸚哥を間近で見せてもらえる料亭があると教えてくださったのです」

善次は様々な方向から鸚哥の姿を見て、動きのほんの刹那《せつな》を切り取って描く。

丸い頭に丸い身体。まるで海坊主のような形の線だったものが、少しずつ細かいところが描き込まれていくと、みるみるうちに生き生きした鸚哥の姿が浮かび上がっていく。

「えっと、これで、こうして、こうして、こうで」

善次は真剣な目をして上ずった声で呟く。口元には薄っすらと笑みが浮かぶ。

まったく上手いものだ、と感心する。

「わ、か、さま。わ、か、さま。わ、か、さま。わかさま、わかさま」

ひたすら早口で繰り返す鸚哥に、善次は手を動かしながら「はいはい、そうだよ。こんにちは」と、優しく答えた。

「わかさま、わかさま。わかさま、わかさま、わかさま、わかさま……」

「ええっと、ご主人、この鸚哥、〝わかさま〟の他に何か言わないのかい？」

仙が少々白けた顔をした。

うるさいねえ、という文句が透けて見えるような顔だ。

「たいへん申し訳ございません。この鸚哥はまだ子供でして、それもつい一月前にこの店にやってきたばかりなのでございます。どうにかこうにか、〝わかさま〟の一言を教え込むので精一杯でございました」

主人が額の汗を拭く真似をした。

「一月前に来たばかりでしたか！　では、半年ほど前に春信先生がこちらで描かれたという緋鸚哥とは違う鸚哥なのですね？」

善次の手が止まった。

「ああ、赤玉《あかだま》のことでございますか？　あれは若さまにご覧になっていただくには年を取りすぎておりました。羽の色が褪せてきて、足の指も曲がって、ずいぶん見栄えが悪くなってきましたので、これを機にご隠居となりました。長年赤玉の世話係だった番頭がおりましたが、あの男もこのところめっきり齢を取りましてねえ。長い間世話になったねと暇《ひま》を出したついでに、赤玉を家に引き取ってもらいましたよ」

「そうでしたか……」

善次が少し残念そうな顔をした。

「わかさま、わかさま。わかさま、わかさま。わっ！　かっ！　さっ！　まっ！」

そんなことはいいから構ってくれというように必死で声を上げる子供鸚哥の明るさに、場がほっと和む。

「はいはい、若さまは私だよ」

善次がくすくす笑いながら応じると、緋鸚哥は嬉しそうに羽をばたつかせた。

三

「節を傷めているな。生まれつき、節が弱いようだ」

「ええっ。先生、うちのおちゃっぴいは激しい痛みを感じているのでしょうか？　ひょっとして、この子の命はもう長くないのでしょうか……」

凌雲が難しい顔をしているせいで、飼い主の若い娘は今にも泣き出しそうだ。

おちゃっぴいと呼ばれた犬は、まだ一歳にも満たない若くて小柄な白い身体だ。

自分の名が会話に出てくるたびに、決められたように尾を三回、左右に振る。

その名のとおり気力の漲《みなぎ》った女の子だ。少々気が強そうでいろんなことに興味が尽きないやんちゃな顔をしているが、躾《しつけ》がしっかり行き届いているおかげでいかにも利発そうに見える。まだ身体が大きくなっている最中の、骨に落ち着きのない時期だというのに、ぴしりと音が聞こえるくらい微動だにせず座っている。

飼い主が先ほど一言、「おちゃっぴい、お座りなさいね」と言った指示を、どこまでもしっかり守っているのだ。

「いや、ただ生まれつきというだけだ。無理な動きを控えて、足の裏の毛をきちんと切り揃えてやれば……」

つい最近、どこかで聞いたばかりのやり取りだ。

「心配なさらなくても平気ですよ。うちの先生はとても真面目なので、どんなに小さな異変に対してでも、こうしてとっても厳しい顔をしているだけなんです。凌雲先生が、こうすればよい、と言うことを守れば、おちゃっぴいはすぐに良くなりますよ」

不安げな顔をした飼い主にどうにかこうにか安心してもらった。おちゃっぴいに添え木を当てて、足の裏の毛をすっかり短くしてやった。

「おちゃっぴいの脚の具合、この間のコンタとそっくりです。とんでもなくお利口なところまでそっくりなんて……。妙な偶然もあるものですね」

おちゃっぴいと飼い主を見送ってから、美津は首を捻った。

「生まれつき節に痛みを感じやすい犬というのは、実はその身体を上から見ればすぐにわかる」

凌雲が帳面を開いた。

「先ほどのような頭のある身体の前半分が大きく、尻側の後ろ半分が小さくまとまった犬は、四脚に均等に重さが載らないせいで節を傷めやすくなる」

凌雲が犬の身体を上から見たときの絵を描いてみせる。

普通の犬の絵は、腰のところに大きな骨盤が左右にせり出している。だが、節を傷めやすい犬のほうは、骨盤の膨らみがほとんどわからないほど小さい。まるで猫やイタチの身体のようだ。

「お美津、どちらの犬の方が見栄えがよく感じる？」

凌雲に訊かれて、美津は少々申し訳ない心持ちで肩を竦めた。

「そうですね……。人の好みもあるとは思いますが、私には骨盤の小さい犬のほうが、華奢《きやしや》ですらりとして見えます。この身体では節を傷めやすいと知ってしまうと、かわいそうに感じますが……」

凌雲は渋い顔で頷いた。

「最近、身体が小さくて華奢な犬が流行《はや》っている。そのせいで、わざわざ小さな犬を犬屋から求める者もいると聞く。犬屋で無理な掛け合わせが横行しているのかもしれないな」

身体の小さな犬同士を交配させて、小さな身体の仔犬を生ませているということか。

わざわざこの世の摂理を曲げてそんなことをしなくたって、このお江戸で少し探せば、可愛くて愛情深い犬はいくらでも見つかるのに。

行き場のなくなった白太郎や黒太郎、茶太郎を引き取ることになった経緯を思い出しながら、なんだか腑に落ちない心持ちで庭掃除をしていると、生垣の向こうで人の気配を感じた。

「おかしいなあ、このあたりのはずなんだが」

ゆっくりと、穏やかそうな老人の声だ。

「済まないねえ。《毛玉堂》はこのあたりと聞いたはずなんだけれどね。すっかり耄《もう》碌《ろく》しちまって、私の勘違いなのかもしれないなあ。家に戻ってもう一度確かめて、今度は婆《ばあ》さんに一緒に来てもらおう」

「……ばあさん、ばあさん、きてもらおう」

子供が冗談で喋っているような甲高《かんだか》い声だ。

「ああ、わかったよ。それじゃあ、帰るとしようか」

「お二人とも、お待ちくださいな。《毛玉堂》はこちらですよ」

美津が慌てて表に飛び出すと、黒い布を被せた包みを前に抱いた初老の男が、きょとんとした顔で立っていた。

「すみません、お話が聞こえてしまいました。ええっと、そちらに抱いていらっしゃるのが患者さんですか？」

男が手にした籠に目を向けた。

つい先ほど二人の会話が聞こえたはずだが、空耳だったのだろうか。目の前にいるのは男ひとりだけだ。

「こちらで合っていましたか。よかったです。ほっとしましたよ」

美津に連れられて縁側から部屋に上がった男は、いかにも老人らしく落ち着いた様子で微笑む。

「今日はどうされましたか？」

にこやかに訊きながら、男の身なりや籠を扱う手つきに目を配る。

犬猫を入れるには小さすぎる籠だ。着物には毛がついていない。大事な宝物を扱うように慎重な手つきで籠を覆った布の結び目を解く。

「今日は凌雲先生に、うちの赤玉を診ていただきたく参りました」

「赤玉、ですか？　どこかで聞いた名前のような……。あっ、まあ、綺麗ですねえ！」

籠の中に、真っ赤な羽の鸚哥が現れた。

先日、善次と一緒に見た料亭の店先の鸚哥と同じ、緋鸚哥だ。

「ついこの間まで、湯島の料亭、《玉屋》さんにいた緋鸚哥さんですね」

「やあ、赤玉のことをご存じでしたか！　もしかして、あの店にいらしていただいたことがありましたか？　たいへん申し訳ありません。一度でもいらしていただいたお客様のお顔は忘れないのが私の自慢でしたが、ここのところすっかり耄碌してしまいましてね。どうぞご容赦くださいませ」

男が朗らかな口調になって、親し気に微笑んだ。

「い、いえ。あんな高級な料亭、私にはさっぱりご縁がありませんよ。先日、子供の緋鸚哥を観に行ったんです」

「ああ、〝赤ん坊〟のことですな。あの仔は私が探してきたんですよ。あそこを退く前の最後の仕事に、ってね。赤ん坊は、赤玉に負けず劣らず賢い鸚哥ですよ。これから赤玉と同じように、たくさんの言葉を覚えるに違いありません」

男が懐かしそうに目を細めた。

「申し遅れました、私は種市《たねいち》と申します。ちょうど一月前まであの料亭で番頭を務めておりましたが、還暦を機に店を退くことになりましてね。ついでに、この赤玉も我が家に引き取ってきたんです」

「そうでしたか。赤玉さん、お会いできて嬉しいです」

赤玉に会わせてやれたら、善次はどれだけ喜んだだろう、とちらりと思う。

善次は心優しく気づかいのできる子だ。あの場では料亭の主人の心配りを無下にするようなことは決して言わなかった。己のためにわざわざ迎え入れたという新しい緋鸚哥の〝赤ん坊〟を真剣に描いていたし、とても満足げに振舞ってもいた。

だが実のところは、春信〝先生〟が描いたまさにその緋鸚哥を一目見たいと思っていたに違いなかった。

「あっ！」

のんびり善次に思いを巡らせていたところで、ふいに冷や水を浴びせかけられたような気がした。

赤玉が止まり木の間を飛び移ると、ちょうど胸のあたりの羽がごっそり抜けて、肌が剝《む》き出しになっている。

「赤玉が、己の嘴《くちばし》で羽を毟《むし》ってしまうんです」

種市は痛々しくてたまらないという悲し気な顔で赤玉を見つめた。

四

「せっかく《毛玉堂》を訪ねて来てくれたのに済まない。だが今の私は、まだまだ鳥についての学びが足りていない。鸚哥の不調ならば、鳥屋のほうがずっと詳しいはずだ」

凌雲が申し訳なさそうに言った。

元は小石川養生所で人の医者をやっていた凌雲は、すべて本の中から獣の知識を学んでいた。

犬や猫の身体については、お江戸でいちばん詳しいに違いない。だが、鳥にまでは手が回っていないのが実情だ。そもそも、鳥が《毛玉堂》へやってくることがまずないのだ。

皆、飼っている鳥の具合が悪くなったら、迷わず鳥屋に連れて行く。

飼い主次第で、鳥との関わり方は大きく変わる。

綺麗な籠に入れたままにして、まるで生きた絵や骨董品のようにその姿や歌声を愛でて楽しむ者がいるかと思えば、うまく手乗りに仕込んで我が子のように可愛がり、二六時中肩に乗せて暮らす者もいる。

鳥屋では、鸚哥や九官鳥や鸚鵡《おうむ》などの珍しい鳥はもちろん、文鳥や十姉妹《じゅうしまつ》などさまざまな鳥を扱っている。長い船旅を経て異国から洋鳥を仕入れたり、羽の艶の良い雌と声の良い雄を掛け合わせて……といったこともお手の物だ。

つまりお江戸でいちばん鳥について詳しいのは、鳥屋に他ならないのだ。

「ああ、やはり凌雲先生もそう仰いますか。実を言うとうちの婆さんも、まったく同じように申しておりました」

種市が残念そうに肩を落とした。

「……ばあさんや、ばあさんや、ちょっといいかい？　なんだい、おまえさん？　ここにあった、あれをしらないかね？　あれってなんのことだい？　あれってのはあれのことさ」

美津がはっと顔を上げると、籠の中の赤玉が甲高い声で、いかにも老夫婦らしいほのぼのした会話を再現していた。

「いやはや、お恥ずかしい。年寄り二人、毎日こんな調子で気楽に暮らしているものでして……」

種市が顔を赤らめた。

美津と凌雲は顔を見合わせて笑った。

「赤玉はいくつになる？」

凌雲が改めて籠の中を覗き込んだ。

「二十はとっくに越えています。ええっと、確か、赤玉が生まれたのは私が番頭になった齢ですから……こいつは二十六ですね」

「二十六！　赤玉……さんは、私よりも年上なんですね！」

鳥というのはそんなに長生きをするものなのかと驚いた。

「大きな鸚鵡ともなるとその寿命は百年続くという話もあるな。嘴や脚の様子からすると、おそらく赤玉は人の齢でいうとちょうど還暦、といった頃だろう」

「ええ、ちょうど私と同じくらいの年頃ですよ。羽の色もずいぶん褪《あ》せました。こうして見るとまだまだ綺麗に見えますけれどね、若い鸚哥の横に並べて比べちまうと、その違いははっきりわかっちまいます。私と一緒ですっかり耄碌しちまっていますよ」

種市が己の白髪頭を撫でてみせた。

「鳥が己の羽を毟るのは、気鬱《きうつ》が原因のことが多いと聞く。長年暮らした料亭の店先から、種市の家に引っ越したことで、赤玉に何らかの異変が起きているのかもしれないな。鳥屋に年を取った鸚哥の扱い方を訊いてみるのが良いだろう。年寄り鳥ならばそれに合わせた心地良い暮らし方があるはずだ」

「……そうですね。そういたします」

種市は素直に頷きながらも、どこか浮かない顔をしている。

「種市さん、どうされましたか？　何か気になることがありましたら、いくらでも訊いてくださいな」

美津が声を掛けると、種市は照れ臭そうに笑った。

「実はこの赤玉を買い求めた鳥屋とは、長い付き合いでしてね。それこそ二十年以上も前から、私のことを番頭さん、って呼んでずいぶんと良くしてくれたんですよ。いらっしゃいませ、なんて挨拶を赤玉に仕込む方法も、あそこの人から懇切丁寧に教えてもらってすべて私がやりました。赤玉を隠居させるって話が出たときも、親身になって跡を継ぐ〝赤ん坊〟を探してくれました」

「あら、でしたらかえって好都合ではないですか？」

美津は首を傾げた。

種市の口ぶりによると、その鳥屋ならば親切に赤玉の相談に応じてくれそうだ。

「いや、だからこそ行きづらいんですよ。私はもう〝番頭さん〟でも何でもないただの爺《じじい》でしょう。いくら良くしてもらっても、相手には一銭の得にもなりません。またあいつが来たよ、と煙たがられるんじゃないかと思うと、どうにも気が引けてしまいましてねえ」

「そんな。ほんとうに鳥が好きな鳥屋さんだったら、この赤玉の様子を見たら助けてあげなくちゃと思うに違いありません。煙たがったりなんてしないと思いますよ」

「そうだったら良いんだけれどねえ」

種市が困ったように頭を掻いた。

赤玉のことが心配でならないのは間違いないようだが、鳥屋の話を聞いた途端に驚くほど頼りなくなる。

この調子のまま家に帰してしまえば、赤玉のことはもうしばらく様子を見てみようかという流れになって、悪化させてしまいそうだ。

もしよろしければ、私が鳥屋にご一緒しましょう。

美津が意を決してそう言おうとしたとき――。

「種市、頼みがある。私にその鳥屋を紹介してくれないか」

凌雲が言った。

「紹介、ですか？」

種市が不思議そうな顔をした。

「お前の話を聞くと、その鳥屋はずいぶんと仕事熱心で、おまけに信頼できる者のようだな。これから先、もしも《毛玉堂》にまた鳥が連れられて来ることがあったときに、助言をもらえる相手を探していたんだ。ひとつ、種市の顔で紹介してもらえないだろうか」

凌雲が身を正して頭を下げた。

「なんだ、そういうことでしたか！　ならばあそこの主人の仲蔵《なかぞう》がぴったりですよ！　仲蔵は鳥狂いの男で、やりすぎってくらいの世話焼きなんです。小鳥からこんなに大きな鸚鵡まで、仲蔵に聞いてわからないことは何もありません！」

種市は、ほんの少し前の姿が嘘のように、自負に溢れた様子で胸を張った。

「まあ、そうしていただけると助かります！　先生、よかったですね」

美津も急いで調子を合わせた。

「ああ、赤玉を二十六年も壮健に育てた種市のお墨付きの鳥屋だ。とても心強いぞ」

凌雲が美津にこっそりと目配せをしたのに気づく。

凌雲さんが、こんなふうに機転を利かせてくれるなんて。

胸がぽっと温かくなった。

「それでは、今すぐに参りましょうね。もちろん、赤玉も一緒にね」

「あかだま、あかだま、いいこ、いいこ、おりこう、おりこう」

赤玉の明るい声に、皆でほっと顔を見合わせて笑った。

五

鳥屋の店先には大きな黒い犬が二匹、狛犬のように左右に繋がれて店先を守っていた。

「右之助《うのすけ》と左之助《さのすけ》って名の、この店の名物犬ですよ。ここで二六時中目を光らせて門番を務めている忠犬です。おうおう、お前たち、久しぶりだな」

種市は、嬉しそうに寄ってくる犬たちの頭を、「よしよし、わかったぞ」と慣れた様子で撫でる。

「鳥屋の店先に門番の忠犬たちがいるなんて、どうしてでしょう？」

高価な鳥たちを賊に盗まれないようにとの物騒な計らいにしては、犬たちはずいぶん人懐こいように見えるが……。

「この犬たちは猫除《よ》けだ。鳥屋に猫が忍び込んだら、一巻の終わりだからな」

凌雲が尾を振る犬に優しい目を向けて答えると、種市が「さすが先生、ご名答ですな」と上機嫌で応じた。

鳥屋の中は薄暗い。ちゅんちゅんと小鳥の囀《さえず》る音と羽搏《はばた》く音の合間に、「わー！」

とぎょっとするような洋鳥の雄叫び。よく日に当たった藁《わら》の匂いがふんわりと漂う。

「仲蔵、いるかい？　けもの医者の先生を連れてきたよ。それと……赤玉の具合のことで相談があってねえ」

　種市が少々臆した様子で付け加えて店先に声を掛けると、奥から前掛けをした恰幅《かっぷく》の良い男が現れた。

「やあ、番頭さん。このところぷつりと顔を見せてくれなくなっちまったから、どうしているのかと思っていたよ。番頭さんの気風《きっぷ》の良いお喋りが聞けないと寂しくてねえ。隠居暮らしは楽しくやっているかい？」

　仲蔵と呼ばれた店主が、両手を広げて歓迎の意を示す。

「お、おう。日がな一日、家でごろごろだらだらするのに忙しくてねえ。さっぱりご無沙汰しちまったなあ」

　番頭さん、と呼ばれて、種市の顔がみるみるうちに生き生きとしてきた。

「なんだか勿体《もったい》ないねえ。番頭さんほどの人だったら、まだまだいくらでも仕事はあるに違いないさ」

「いやいや、俺はもう駄目さ。耄碌した年寄りだよ！」

　種市が驚くほど強い口調できっぱりと言い切った。

「まあまた、そんなにしゃんとしていてどこが年寄りだい」

仲蔵は愛想良く言ってから、「それで、赤玉がどうしたって？」と急に真面目な顔をして身を乗り出した。

美津の横で、凌雲の横顔がふっと満足げな笑みを浮かべた。

見知らぬ客人の姿に気付いていないはずはないのに、それよりも先に「赤玉の具合」が気になる。これぞまさに鳥狂いの正しい姿だ。

仲蔵は籠の中を真剣な目で覗き込む。

「羽耄りか。きっと引っ越しで気が疲れちまったんだろうね。赤玉が好きな菜っ葉を持っていくかい？　齢を取ると身の回りの異変をきっかけに、食が細くなることもあるからねえ。粟《あわ》の実、ハコベ、胡瓜《きゅうり》なんかも与えてみるといいな。部屋は暖かくしているかい？　《玉屋》の玄関は、客を迎え入れるために火鉢でずいぶんしっかり温めていただろう？　あんたの家でそれは難しくても、籠を分厚い布で覆って温めてやることはできるはずだ。それと、湯たんぽの作り方も教えておくよ」

仲蔵はとんでもない早口で喋りながら手を動かして、あっという間に風呂敷包みをひとつ作った。

「まずはこれを試してみておくれ。お代はいらないさ」

仲蔵の手元を見守っていた美津には、餌《えさ》も布も鳥用の湯たんぽ用の小さな陶器も、仲蔵がこだわって選んだ随分と高価なものなのがわかった。

「お代はいらないってそんなわけには……」

種市が決まり悪そうな顔をする。

「なあに、あんたと私の二十六年来の仲じゃないか。これまでずっとこの店を贔屓《ひいき》にしてくれたお礼だよ。赤玉のためだ。さ、早く持って帰って試しておくれ。また必ず、赤玉の様子を知らせておくれよ」

仲蔵は種市に風呂敷包みを押し付けてから、「そういえば、けもの医者って聞いたね」と、改めて凌雲に向き合った。

「そうだ、仲蔵、こちらは谷中感応寺で《毛玉堂》というけものの医者をやっていらっしゃる凌雲先生だ。鳥の患者がやってきたときに相談できる鳥屋を探していらっしゃるって聞いてね。それなら仲蔵がぴったりだと思ったのさ」

「そうかい、そうかい！　凌雲先生、鳥のことでしたら何でもこの仲蔵にお聞きくださいな。このお江戸で私よりも鳥に詳しいものはおりません」

仲蔵が拳で胸を叩いてみせた。

「そのようだな。何かの折には、ぜひ忠言をいただければ有難《ありがた》い」

凌雲と仲蔵は、お互い通じるものある顔で力強く頷き合った。

「お近づきになれて幸いですよ。うちにも二匹の犬がおりますからね。いずれ《毛玉堂》にお世話になることもあるかもしれません」

「左之助と右之助だな。人懐こくて良い犬だ。一目で飼い主から大事にされているとわかる」

「嬉しいことを仰ってくださいますね。女房に伝えておきます」

仲蔵自身は頭の中が鳥のことでいっぱいなのだろう。少々恥ずかしそうに頭を掻いた。

「あの二匹を迎えるときは、家の中でひと悶着《もんちゃく》あったんですよ」

仲蔵は手早く店の中の鳥籠の掃除をしながら、気さくなお喋りを始めた。

「うちの女房は少々見栄っ張りでねえ。店の玄関先の門番の犬たちということは、つまりこの店の顔となるような存在だとね。どうしても今お江戸で評判の犬屋で美しくて利口な犬を譲り受ける、って言って聞かなかったんです」

「評判の犬屋……」

美津は慌てて口を閉じてから、美しくて利口な犬、と胸の内で続けた。

「けど、私は反対したんですよ。こっちは曽祖父の代から鳥一筋でやっている鳥屋ですよ。この商売は命を売る仕事という覚悟がいります。ぽっと出の〝評判の犬屋〟なんてもんがうまくいくような簡単なもんじゃないってね。妙な掛け合わせのせいで後から生まれつきの病が見つかったら、いったいどうするんだと」

「掛け合わせは存分に気を付けないといけない、ってのが、仲蔵の口癖だったね。羽の色や身体の大きさだけを見て、どんな子供が生まれるんだろうなんて面白半分に掛け合わせをしたら、罰が当たって地獄へ落ちる。そう言っていたねえ」

種市が頷いた。

「そうさ、命ってのはおもちゃじゃないんだ。ひとたび生まれちまったからにはそれから何十年でも、誰かが必ず寄り添わなくちゃいけない。そんな覚悟がその犬屋にあるとは思えねえ。そう言ったら、女房も思うところがあるのかしゅんとしていたさ。結局、右之助と左之助は、橋の下に落ちていたところを姪《めい》っ子《こ》が拾ってきたよ。これぞ、授かりもんってやつだ」

仲蔵がおどけた調子で言って、鳥籠の中を愛おし気に覗き込んだ。

「よしよし、いい子だ。鳥ってのは人の子と同じですよ。手をかけたらかけた分だけ、どんどん賢くなっていきますからね。この子なんて、私の言葉をずっと聞いていて、餌の話をした途端にぴいちくぱあちく大騒ぎするんですから。賢くなりすぎて困るくらいです」

仲蔵が柵の隙間に人差し指を突っ込むと、中にいた文鳥がいかにも慣れた様子でちゅんちゅんと鳴きながら、人差し指に顔を押し付ける。安心しきって甘えているのだろう。

その光景に、美津ははっと息を呑んだ。

文鳥の身体がひどく傾いていた。左の翼が根元から切り落としたようになくなっているのだ。それ以外は力が漲って身体の調子も良さそうなところからすると、生まれつきの姿なのだろう。

仲蔵は鳥屋で生まれたこの鳥を、寿命を全うするまで己の鳥として可愛がっているのだ。

「その犬屋は、どこにあるんでしょうか？」

美津は思わず訊いた。

《毛玉堂》にやってくるお利口な犬たち。骨盤が小さいせいで節に生まれつきの弱さを抱えている犬たち。〝評判の犬屋〟では、今もそんな犬たちが売られているのだろうか。

「確か、浅草寺の参道の近くと聞いたはずですよ。あんなに騒々しいところじゃ、お腹の大きな母犬は落ち着かないだろうにって。それを聞いただけで私は大反対でしたよ」

仲蔵は顔を顰《しか》めると、文鳥の声真似をして、ちゅん、と舌を鳴らした。

六

朝方から小雨が降ったり止んだりと、ぐずついた曇り空だ。

マネキは朝に一度、食事と便所に起きた以外は、ずっと縁側のお気に入りの木箱の中で眠っている。《毛玉堂》の三匹の犬たちも今日はあまり元気がなく、つまらなそうな顔で不貞寝の最中だ。

雨の日は、《毛玉堂》に訪れる患者は少ない。

患者が犬ならば毎日の散歩の途中にちょっと足を延ばして寄るなんてこともできるが、猫の場合はまず無理だ。大きな猫が入った籠を抱えて、雨の中、傘を差してやってくるのはよほどのことだろう。

凌雲も本を眺めながら、幾度も欠伸《あくび》を嚙み殺している。

「雨の音というのは良くないな。淡々と静かにいつまでも続いて、年寄りののんびりしたお喋りを聞かされているようだ。頭がぼんやりして眠くてたまらなくなる」

皆が揃って、何をするにも身が入っていない様子の昼下がりだ。

「よしっ、今から、庭の畑の手入れをしてきますね。誰か一緒に行く？　茶太郎はどう？　あら、いいの？　じゃあ、黒太郎は？　もう……聞いてるの？」

このままぼんやりしていては、一日が無為に終わってしまう。

美津は頬をぴしゃりと叩いて気合を入れ直すと、庭へ向かった。

やる気のない皆は、そんな美津の姿に横目を向けるだけだ。

薬草と雑草とを間違えないように目を凝らしながら、庭の畑の草毟りを始めた。

「そういえば、お仙ちゃんはどうしているのかしら。こんな日にお仙ちゃんが来てくれたら、この場がぱっと華やぐんだけれど……」

浅草寺の参道の近くにある犬屋に一緒に行ってみよう。

次に仙が《毛玉堂》へやってきたらそう誘うつもりだったのに、善次と料亭《玉屋》にやってきて以来、仙の姿は見ていない。

無事に馬場の家に戻ったならば良いが、それならそれで一言あってもいいはずだ。

妙なことになっていないといいけれど、なんて案じていると、ふいに生垣の向こうから囁き声が聞こえた。

「お美津さん、お美津さん、すみません。赤玉の爺ですよ。ちょっとよろしいでしょうかね。内緒のお話がありますよ」

「まあ、種市さんですか。どうされましたか？」

仙が作った通り道を潜って表に出ると、種市が済まなそうな顔で頭を下げた。今日は手には赤玉の籠を持ってはいない。

「赤玉の具合はいかがですか？」

どうやらすべてうまく行った、という報告のためにやってきたわけではなさそうだ。

「いけません。仲蔵の言ったことをすべてやってみましたが、赤玉の羽毟りは治らないどころか、どんどん酷《ひど》くなります」

「そうでしたか……」

種市はがっくりと肩を落として、暗い顔をしている。

「なんだか申し訳なくてね。仲蔵にはもちろん、凌雲先生にもね」

種市が声を潜めた。

「どうしてですか？　種市さんが申し訳ないなんて思う必要はちっともありませんよ？」

「いやいや、そうは言っても、凌雲先生はわざわざもっともらしい理由をつけて、私のために仲蔵のところへ同行してくださった。仲蔵だって、あれは私に金がないことを慮《おもんぱか》ってくれているんですよ。凌雲先生にも仲蔵にも、こんなによくしてもらったのに、赤玉がちっとも治らないってのは情けねえことです」

種市は、ずいぶんと己を取り巻く人々の想いに敏感になっているようだ。

ここまでくると察しが良いというよりも、気にしすぎにも感じる。

「申し訳ないとか、情けないとか。それは私たちの言葉ですよ。お力になれていなくて、本当にごめんなさい」

言いながら、ふと思う。

もしかすると《毛玉堂》に来る飼い主たちの多くは、獣がすぐに良くならなかったときに、種市ほどではないにしろ、いくらかの負い目を感じてしまっているのではないか。

これまで美津は凌雲の気配りの行き届かない淡々とした姿を歯がゆく感じて、常に先回りをしていた。愛想良く、心を込めて、少しでも飼い主にほっとしてもらえるようにと心がけていた。

だが、こちらの熱意を感じれば感じるほど、相手は至ってまっとうな不満さえも言いづらくなってしまうこともあるのではないか。

美津の息がうっと詰まった。

きっと己でも自覚できていないようなところで、身に覚えがあるのだ。

「もしよろしければ、もう一度、赤玉に会わせていただけませんか。この間は赤玉も外に連れ出されて緊張していましたよね？　家でくつろいでいる赤玉の様子を見せてください」

「ええ、もちろんですとも。ですが、このことはくれぐれも凌雲先生には内密に……」

「わかりました。お約束しますよ」

美津は前掛けを外して大きく頷いた。


種市に連れられて辿り着いたのは、長屋の入口にある広めの部屋だった。

南向きで、路地も綺麗に掃き清められた、こざっぱりした場所だ。

子供が遊び回る歓声も聞こえなければ、赤ん坊の泣き声も聞こえない。

どうやら子育てを終えた年嵩《としかさ》の夫婦ばかりが静かに暮らしているところのようだ。

「おうい、婆さん、今帰ったよ。《毛玉堂》のお美津さんが赤玉に会いにきてくださったんだ」

「こんにちは、お邪魔します」

部屋に入ると、白髪頭の穏やかそうな女が「いらっしゃいませ」と少々覚束《おぼつか》ない声色で言った。

「うちは、姉さん女房でね。これまでずっと周囲には二つ上と言ってきたが、実のところは五つも上だ。少しもそうは見えないでしょう？」

種市が耳の遠い女房に合わせてか、ゆっくりはっきりと喋った。

「いやですねえ。お美津さんが困っていらっしゃいますよ」

女房は目を細めて笑った。

種市の言葉とは裏腹に、年上の女房の衰えは明らかだ。だが、相手を気遣う種市の姿に、かえって夫婦の仲の良さがしみじみと伝わる。

「おうい、ばあさん、いまかえったよ」

呑気な声に顔を上げると、赤玉が籠の中で喋っていた。

「赤玉はまったく賢い鳥です。ここへ連れて来てから、あっという間に覚えちまいましたよ。女房の口真似もそれはうまくやるんですよ。そら、赤玉、やってみせておくれ」

赤玉が話を聞いていたようにぴたりと黙り込む。

皆の注目を集めているのに気付きつつ、わざと知らんぷりで目をきょろきょろと動かしているさまは、ぷっと噴き出しそうになるほど可愛らしい。

「気まぐれな子です。そこも前と少しも変わりません」

種市がそう言った途端、赤玉が「おかえり、おまえさん」とゆっくり呟いた。

「赤玉は、仲蔵さんからいただいたおやつを食べましたか？」

美津は仲蔵の女房が取り残された気分にならないようにと、大きな声ではっきり言った。

「ああ、大喜びで平らげたよ。あれから八百屋で半端ものの胡瓜を貰ってきて、与えるようにしているさ。なあ？」

仲蔵と女房は顔を見合わせてこっくりと頷き合う。

「夜は、暖かくしていますよね？」

「ああ、必ず寝る前に布を掛けているよ。それに、昼間は日光浴をさせるようにしてみたんだ。あっ！」

赤玉が羽を毟り始めた。

羽を一本抜き取るたびに、いかにも痛そうな声で鳴く。それなのに、執拗《しつよう》に己の胸元に嚙みつくのを止めようとしない。赤玉の禿げた肌には血が滲んでいた。

「赤玉、やめておくれ。そんな痛いことをしちゃいけないよ……」

女房が涙ながらに頼むが、赤玉は苛立ったように己の羽を毟り、また苦し気な悲鳴を上げた。

七

空から雨粒こそは落ちて来ないものの、じっとりした湿気が美津の身体に纏《まと》わりつく。

何とかして赤玉を助けてやりたい。

だが、赤玉の暮らしている様子を見る限りでは、苦悩の原因になるようなものは少しも見当たらない。

あの様子では、種市も女房もしょっちゅう家を空けて遊び回っているはずがないので、放っておかれた赤玉が寂しがっているというわけでもないだろう。

意地悪をしてくる悪戯坊主もいなければ、眠りを妨げるうるさい音が聞こえるわけでもない。

老鳥と老夫婦が、お互いを労《いた》わり合いながらのんびり穏やかに暮らしている、平和な光景だ。

「それなのに、どうして赤玉はあんなに痛々しいことを……」

眉間に皺を寄せて呟きながら歩いていると、《毛玉堂》の生垣が見えてきた。

「あらっ、お仙ちゃん、そんなところで。もしかして、私が帰るのを待っていてくれたの？」

生垣のところで、仙が拗ねた様子でしゃがみ込んで足元の水溜まりを眺めていた。

「あ、お美津ちゃん、ようやくのお帰りだね。待ちくたびれたよ。ちょっといいかい？」

仙は灰色の空を背に力なく笑う。

お天気のせいだけにしては、ずいぶんとしょんぼりした様子だ。

「もちろんよ。どうかしたの？」

美津は精いっぱい優しく問いかけた。

馬場の家を逃げ出している今の仙の状況からすれば、ほんとうは何事もないような顔で平然と振舞っている姿のほうを心配しなくてはいけないのだ。

こうして悩みを打ち明けようとしてくれるのは、仙が己を見つめ直すとても良い流れに違いない。

「あれからずっと考えていたんだけれどさ、善次ってなんであんなに偉いんだろうね」

久しぶりに会った善次が、大名屋敷で〝若さま〟と呼ばれるような生活にすっかり馴染んでいた話をしているのだろう。

「もしかしてやっぱり、生まれのせいなのかもしれないねえ。善次には大名さまの血が半分は入っているんだろう？　そのおかげで、あんな窮屈な暮らしにもあっさり耐えることができるんだ」

「お仙ちゃん、憎まれ口を言わないの。ほんとうはそうじゃないってわかっているくせに。善次は懸命に、新しい暮らしに慣れようと励んでいるわ」

美津はやんわりと窘《たしな》めた。

仙は不満げに目を伏せたが、言い返してはこない。

「あんなちっちゃな子供ができることが、どうして私にはできないんだろうね。政さんの妻になるには、馬場の家でいろんなことを学ばなくちゃいけないんだ。頭ではわかってるのにさ。一言でも意地悪を言われたら、きいって頭に血が上って、何もかもすべてが虫唾《むしず》が走るくらい嫌になっちまうんだ」

「叱られるのは、子供のほうがずっと慣れているわ。大人になってから誰かから叱られるのは、なかなか辛いものよね」

美津が同調すると、仙がふっと息を抜いて微笑んだ。

「私は善次みたいにお利口にはなれやしないよ。やっぱり政さんのことは、きっぱり諦めなくちゃいけないのかもしれない」

「お仙ちゃん、それは違うわ」

美津は間髪容《い》れずに答えた。

「善次はただのお利口な子なんかじゃないんだから。そんな言い方、善次に失礼よ。誰だって心のままに生きたいに決まっているわ」

覚えずして、仙の言い草にむっとしているのだと気付いた。

「善次だって、きっと……」

《毛玉堂》の庭で、三匹の犬と一緒に駆け回っていた頃の善次を思い出す。

あの頃はいつでも好きなところへ行けて、好きなことができて、疲れたらことんと昼寝をしてしまうことができた。

どれもが今の善次には夢のようなことだろう。

立派な若さまとして振舞う善次を誇らしく思うと同時に、その苦労を思うとたまらない気持ちにもなった。

「……ごめん、お美津ちゃん、悪かったよ。許されるならば、心のままに生きたいのは誰でも一緒だよね」

仙が驚くほど素直に頷いた。

「お仙ちゃん？　そんなにあっさりわかってくれるとは思わなかったわ」

「ああ、わかったよ。わかったから、もうめそめそ泣くのはやめておくれよ。こっちまで善次のことを想って、涙ぐんじまうじゃないか」

仙がぐすりと洟を啜《すす》った。

言われて初めて、美津は己の目から涙が溢れていたことに気付く。

慌てて手の甲で涙を拭って、二人で泣き笑いの顔を見合わせた。

「お美津ちゃん、私、気付いたよ。善次があの窮屈なところでやっていけているわけがね。ひとつは、あんたたちのおかげだよ」

「えっ？　私たち？」

己の顔を指さした。

「お美津ちゃんと淩雲先生が、善次のことを目一杯可愛がってくれただろう？　あの子の心はそうやって満たされたおかげで、とっても強くなったのさ。離れていても、ひとりで困難に立ち向かう力が付いたんだ」

「そうかしら。そんな立派なことをしていたつもりはないけれど。でも、なんだかそう言われると嬉しいわ」

美津は緩んだ頰に両手を当てた。

「そしてもうひとつ、こっちのほうがもっと大事さ」

「へっ？」

「善次には絵があるんだ。どこにいてもどんな暮らしをしていても、知らない人の間でひとりぼっちでも、あの子には絵さえあれば、決して心が折れることはないのさ」

仙が人差し指を立てて言った。

「善次には、絵がある……」

すとんと腹に落ちる。とても重い言葉だ。

「じゃあ、お仙ちゃんには政之助さんがいるってことね？　辛いとき、苦しいとき、政之助さんの顔を思い浮かべればきっと、もう少し奮闘してみようって思えるはずよ」

明るく訊くが、仙の顔つきは晴れない。

「うーん。そうだろうかねえ」

まるで凌雲のように両腕を前で組んで、難しい顔だ。

「だって、政之助さんのところへお嫁に行くために、お仙ちゃんは苦労しているんでしょう？」

「うーん。それはそうには違いないんだけれどねえ」

それからしばらく仙は、何度も首を捻りながら唸っていた。

八

「お仙さんはどこですか？」

先日と同じ豪華な駕籠から下りた善次は、子供らしからぬ厳しい目で《毛玉堂》の庭をぎろりと見渡した。

「おや、善次、また遊びに来たのかい？　今ちょうど、マネキの爪を切っているところだから、もうしばらく犬たちと遊んで待っておいでよ」

「待てません。すぐにお話があります」

善次が言った途端、四人の家来が縁側の仙に鋭い目を向ける。

「なんだい、なんだい、善次のくせにそんな怖い顔をして。わかったよ、すぐに行けばいいんだろう」

仙が家来たちにべえっと舌を出しながら、こちらへやってきた。

「お仙さん、話は聞きましたよ。馬場善五兵衛家から書き置きひとつで逃げ出して、さらには倉地政之助殿からも逃げ回っているとのことですね？　政之助殿は事情が少しもわからず、困惑しきっています。なぜそんなことになっているのですか？」

「えっ、政之助さんからも逃げ回っているって……」

その話は初耳だ。仙のことだから、政之助相手にはさんざん泣き言を言っているとばかり思っていた。

美津が驚いて顔を向けると、仙は決まり悪そうにふんと鼻を鳴らした。

「己の恋衣を若さまに告げ口するなんて、そんなちっちゃな男だとは思っていなかったよ」

「私がわざわざ遣いをやって、事情を聞いたのです。倉地家には、ずいぶんと守ってもらった恩があります。お仙さん、このままでは倉地家の面目は丸潰れです。もしもこのご縁がこんな形で途絶えるようなことになったら、馬場家のほうだってただでは済みませんよ」

「じゃじゃ馬娘に逃げられたってんで、お腹召《はらめ》しませ、かい？」

「少しも笑い事ではありません。お仙さんもご存じのとおり、武家のしきたりとは驚くほど浮き世とはかけ離れたものです」

善次に真面目な顔で言われて、仙はようやく事態が飲み込めたという青い顔になってきた。

「とにかく、倉地家も馬場家も大騒ぎです。お仙さんはどうぞ己のやっていることの意味を深く考えて、一刻も早くに政之助殿ときちんと顔を合わせて、話をしてください」

「……わかったよ。可愛い可愛い善次坊やの頼みってんなら、仕方ないね」

仙が肩を竦めてみせた。

「それを聞いてほっとしました。それでは、私はこれで」

慌ただしく踵《きびす》を返そうとした善次に、美津は声を掛けた。

「ねえ善次、これからもう少しだけ暇はある？」

いくら大名の若さまになったとはいえ、せっかく会えたのにこんな険しい会話だけで帰ってしまうなんて、あまりにも寂しい。

「暇……ですか？」

戸惑うと、善次の顔に年相応の幼さが見え隠れした。

「そう、もしよかったら、これからみんなで《玉屋》の先代の緋鸚哥、赤玉に会いに行かない？　凌雲さんも一緒に。もちろん、お仙ちゃんも一緒にね」

「《玉屋》の先代の緋鸚哥……春信先生が描かれたまさにその緋鸚哥ですね？　見ることができるんですか？」

善次の顔つきが変わった。

「ええ、実は少し身体の具合が悪くて《毛玉堂》にやってきたの。でも、とても優しいお年寄りのご夫婦の家で大事に可愛がられて暮らしているから、静かに訪ねる分には、きっと喜んで迎えてくれるわ」

この機を使えば、凌雲を赤玉のところに連れて行くこともできる。

若さまの善次が赤玉を見たがっているという名目ならば、種市も凌雲に申し訳ないなんて気を揉《も》むことなく、歓迎してくれるに違いない。

「赤玉に会えるということでしたら、すぐに行かせてください！　絵の道具ならばいつも駕籠の中に用意してあります！」

善次は両手を大きく打ち鳴らして飛び上がってみせてから、はっとしたように身を正した。

九

「ああ、これが赤玉ですか。なんと美しい鸚哥でしょう！」

種市の家で赤玉を目にした善次は、うっとりと目を細めた。

「若さまは、《玉屋》で赤ん坊をご覧になったんでしょう？　あの仔に比べれば、ずいぶんと羽の色が褪せてしまった爺ですよ」

種市が嬉しそうに謙遜するが、善次はもう答えない。

帳面にさらさらと筆を走らせて、赤玉の姿を一心に描いている。

「若さま、もう少し近くでご覧になりますか？　赤玉は日に一度、ちょうどこのくらいの時分に籠の外に出しているんです。私の肩に止まって、しばらく楽しそうに過ごすんですよ」

種市が言いながら手際よく窓の障子を閉じた。

「籠の外で赤玉の姿を見ることができるんですか？　ぜひ、お願いいたします！」

善次が手を走らせながら、興奮した様子で応じた。

「さあ、赤玉、おいで。こっちを向いておくんだよ」

種市が赤玉を己の肩に止まらせた。

赤玉は慣れた様子で、種市の肩を行ったり来たりする。鸚哥というのはこんなに素早い動きができるのか。そう思うと、鳥籠の中の暮らしはずいぶん窮屈なのだろうと想像できた。

赤玉は日に一度、籠から出してもらうその時を、毎日楽しみにしているに違いない。

「赤玉に左を向いてもらうことはできますか？」

「えっと、若さま、実はこの赤玉は、胸のところの羽を毟ってしまうんです」

種市が決まり悪そうに言った。

「羽を毟る？」

善次が不思議そうに赤玉の右半身を覗き込んだ。

その痛々しい姿にはっとしたように黙り込む。

善次の筆が止まった。

「なんだい善次、今までの勢いはどうしたんだい？　つい今まで、なんと美しい鸚哥でしょう、なんて言っていたくせに。その禿を見たら、しゅんとして絵を描く気がなくなっちまったのかい？　そんなの、赤玉ちゃんがかわいそうだねえ」

仙が少し意地悪そうに言った。

「お仙ちゃん、さっき耳が痛いことを言われたからって、仕返しをしないの」

美津は仙の肩をぴしゃりと叩いた。

「若さま、申し訳ございません。先にお知らせするべきでしたね。赤玉は《玉屋》からこの家に引っ越してきてから、ずっとこんな状態なのです」

種市が苦し気に頭を下げる。

善次は目を見開いて呆然としたように赤玉を見つめる。

「……なんと美しい姿でしょう」

「えっ？」

皆で声を揃えて訊き返した。

「この鳥は、年老いて、おまけに病を抱えているようです。ですがそんな苦労を重ねて生き延びてきたからこそ、その顔つきには深い美しさが備わっています。赤玉の羽の一本一本には、まるで年輪のように、これまでの人生が刻み込まれているのですから。赤玉は赤ん坊になぞ負けはしませんよ。まだまだ現役で働くことができます！」

善次が再び筆を走らせた。

みるみるうちに、右側の胸元の羽だけが薄くなった赤玉の姿が浮かび上がる。

「……現役、か」

凌雲が善次の言葉を繰り返した。

「わあ、善次、あんたってやっぱり絵が上手いんだねえ。生き写しってのは、このことだ」

仙が目を丸くした。

「お仙さん、嬉しいことを言ってくださいますね」

善次がはにかんだ。

「目の前にあるものを、本物と見紛《みまが》うほどありのままに写し取ったものが、上手い絵だとされています。それこそ生き写し、というのが、絵を志す者が求める境地です。ですが、そこへ辿り着くまでには、ただ事ではない苦労が隠れているのです」

良い絵が描けたという自負があるのだろう。善次は頬を赤らめて上ずった声で続けた。

「ありのままの姿を描くには、ありのままで描いてはいけないのです。わかりますか？」

「さっぱりわからないよ。もったいぶった言い方をしないでおくれ」

仙は善次の描いた絵と、本物の赤玉の姿を見比べている。

「生き写しと呼ばれる絵には、絵師の途方もない仕掛けが仕込まれています。本物には存在しない色を使ったり、あるはずのないところに影を入れたり、あちこちにさんざん手を加えてこその〝ありのまま〟なのです」

仙が善次に向き合った。

「善次、あんた、もしかして私に何か言いたいことがあるのかい？　子供のくせに私に説教をしようとはいい度胸だねえ」

仙が片方の眉を吊り上げた。

「いいえ、めっそうもありません。私は、ただ絵の話をしただけでございます。お仙さんのお心に響いたならば、何よりですが」

そのとき、甲高い声が二人の間に割って入った。

「いらっしゃいませ！　いらっしゃいませ！　いらっしゃいませ！」

皆が一斉に赤玉に目を向けた。

「こ、こら、赤玉。失礼をいたしました。これまでこんなふうに急に騒ぎ立てることはなかったのですが。若さまが絵についての有難いお話をされているときに、お前はどうして……」

「よくぞおこしいただけました！　どうぞごゆっくりおくつろぎくださいませ！　おはきものはこちらでおあずかりいたします！」

赤玉が流れるような口調で言う。

「みなさま、どうぞたのしくおすごしくださいませ。おいしいおしょくじと、かわいいあかだま。うきよをわすれて、さあごいっしょに！」

赤玉が酔っ払いのような素っ頓狂《すっとんきょう》な鼻歌を歌い出した。

仙と善次はきょとんとした顔を見合わせてから、ぷっと噴き出して笑った。

「あかだま、あかだま、いいこ、いいこ、おりこう、おりこう！」

赤玉が得意げに叫ぶ。

種市がはっとした顔をした。

「……客の喧嘩《けんか》の仲裁か。赤玉は利口な鸚哥だ」

凌雲がふっと微笑んだ。

「え、ええ。赤玉は、酔った客が喧嘩を始めると、こうしてわざと素っ頓狂な声で割って入って、その場をうまく収めてくれたんです」

赤玉は、また調子っぱずれな様子で歌っている。

野太い男の歌声に加えて、太鼓の音や笛の音色まで再現している様子は、見事なものだ。

「赤玉は利口だ。そしてまだまだ現役だ」

凌雲が老夫婦に目を向けた。

「お前たち夫婦は、ずいぶんと仲が良さそうだな。羨ましい限りだ。言い合いなんてする機会はまずないだろうな」

「ええ、そりゃあね。私たちはもう耄碌した年寄りですからねえ」

種市と妻は揃って頷いた。

「赤玉は違うぞ。少しも耄碌なんてしちゃいないさ」

凌雲は赤玉に指先を差し伸べた。赤玉は少し悩むように首を傾げてから、意を決したように凌雲の指先に止まる。

「赤玉、いいか。今から言うことを覚えるんだぞ」

凌雲が赤玉に優しく微笑みかけた。

「かえるぴょこぴょこみぴょこぴょこ、あわせてぴょこぴょこむぴょこぴょこ。さあ、覚えろ。どちらが早く正確に言えるか、善次と競争だ」

「わっ！　早口言葉ですか？　ええっと、かえる、ぴょこぴょこ……」

善次が慌てて後に続いた。

「ぴょこ、ぴょこ、ぎゅうぎゅうぎゅう……」

赤玉が苦し気な声を出した。

「みぴょこ、みぴょこ、きゅる、きゅる……」

「赤玉、頑張れ、もう少しだぞ！」

種市が拳を握り締めた。

「かえる、ぴょこ、ぴょこ……」

「よしよし、赤玉、よく言えたぞ！　そこまでで十分だ。凌雲先生、あなたは鸚哥のことを少しもご存じない。いくら赤玉が賢くても、そんなに長い言葉をすぐにすらすら言えるようになんてなりませんよ。鸚哥に言葉を仕込むときは、一言一言、それこそ耳にたこができるくらい熱心に同じ言葉を聴かせてやらなくちゃいけないんです」

種市が凌雲を押し留めた。

「よしっ、種市、任せたぞ。赤玉に今の早口言葉を、きっちり仕込んでやってくれ」

赤玉を種市の肩の上に戻して、凌雲が頷いた。

「赤玉はまだまだ現役だ。ちょっとばかし羽の色が褪せたくらいで年寄り扱いをするなと怒っているぞ」

「年寄り扱いですって？」

種市と妻が怪訝な顔を見合わせた。

「赤玉はまだまだ働ける。《玉屋》にいたときのように、まだまだ頭を使って、たくさんの言葉を喋りたいんだ」

「ですが、赤玉は人の齢ならば還暦が過ぎた老鳥です。お役目を終えて隠居暮らしの身ですよ？」

「かわいそうに、体よく追い払われただけさ。若者を横に並べたら見劣りする、ってだけのつまらない理由でね」

種市が息を呑んで黙り込んだ。

「鳥屋の仲蔵が言っていたのを覚えているか？　鳥ってのは人の子と同じだ。手をかけたらかけた分だけどんどん賢くなっていく、とな。《玉屋》で種市に大切に育てられ、たくさんの言葉を覚え、忙しく働いていた赤玉は、ほんとうに賢い鳥なんだ。善次、お前はこの赤玉は、《玉屋》の店先の赤ん坊と比べて見劣りすると思うか？」

「ええっと、そうですねえ。赤ん坊は羽がきらきら輝いて、嘴も爪もつやつやしていて、若々しい光があります。ですが、お顔のほうは、少々ぽかんと間が抜けています。よちよち歩きがだらしなくも見えます。それに比べると赤玉は羽の色は褪せているものの、顔つきも姿勢もまるで違います。まさに年の功、の美しさを持っています。どちらが劣っているなぞ、少しも思いません」

善次が、己の絵と赤玉の姿を見比べて、満足そうにうんっと頷いた。

「隠居の時期なんて、周りが勝手に決めたもんさ。赤玉からしたら、ある日を境に急に老鳥扱いをされても、何が何やらわからない。まだまだ力が漲っているのに、お前は年寄りだと決めつけられて少しも働くことができないのだから、気鬱にもなる」

「赤玉を《玉屋》にいた頃のようにたくさん喋らせてやれば、この羽毟りもなくなるってことですか？」

種市が身を乗り出した。

「試してみるべきだな」

「歌や三味線を聞かせてやっても良いですかね？　うちの女房は、昔、三味線のお師匠さんだったんですよ。若いころにあれほどやったんだ。腕は落ちちゃいないよな？」

　種市が女房に念を押すと、女房は「歌はもうからきし駄目ですが、三味線なら、この身に沁みついています。いくらでも弾けますよ」と目を輝かせた。

「三味線か、そりゃいい。きっと赤玉はお座敷を思い出して、気が晴れるはずだ。明るい歌をたくさん仕込んでやってくれ」

「あかだま、あかだま、いいこ、いいこ、おりこう、おりこう！」

　赤玉が高らかに叫んだ。

「そうだ、赤玉、お前はいい子だ。お前はお利口だ」

　凌雲は赤玉に向かってそう言うと、美津と目を合わせて頷いた。

十

　ここのところ続いていた曇り空はどうやら梅雨の始まりなのか、と身構えていたところで、今朝は嘘のように晴れ渡った空だ。

三匹の犬もマネキもいつもよりずっと早起きで、元気いっぱいだ。

この子たちのように雨の日は日がな一日うとうとと眠り、晴れ空になったら普段の何倍も駆け回る、なんて暮らしができたらどれほどいいだろう、そう思いながら。雲一つない青空に美津の心も浮き足立つ。

患者さんがやってくる前に、家のことを急いで片づけてしまおう、と思っていたところで、

「お美津ちゃん、いるかい？　いるよね？　飴《あめ》を持ってきたよ」

と呑気な声が響いた。

「まあ、お仙ちゃん、良いお天気ね。飴……？」

いつものように生垣の隙間を潜り抜けてきた仙から、油紙で包んだ飴の棒を受け取る。粉を塗《まぶ》された人差し指ほどの太さの飴ん棒が十本ほども入っている。

「お土産、とっても嬉しいけれど、どうしてこんなにたくさんあるの？」

三匹の犬もマネキも甘いものは食べられない。凌雲と美津の二人で少しずつ食べるにはずいぶんたくさんの量だ。

「飴売りから貰ったのさ」

「まあ、さすがお仙ちゃん。こんなにたくさんおまけしてもらえるのね」

「違う、違う。飴売りの男に頼まれて、凌雲先生とお美津ちゃんにお届けものさ」

「《毛玉堂》へ来た飼い主さんに、飴売りの人なんていたかしら？」

はて、と首を傾げた。

「赤玉のところの種市だよ。あの男、飴売りを始めたんだ。赤玉を肩に乗せてお喋りさせながら飴を売り歩くのさ。おっと、もちろん赤玉にはちゃんと足環《あしわ》を付けて紐《ひも》で繋いでいるよ」

「赤玉と種市さんが飴売りですって？」

飴売りといえば、妙な仮装で笛太鼓などを鳴らす姿が思い浮かぶ。

飴売りが人の多い神社の参道や子供のいる家の多いあたりなどを練り歩くと、いつの間にか子供たちが後ろを追いかけてきて大行列になるものだ。

「そうさ、赤玉はそれだけで見世物になるような綺麗な鳥だろう？　おまけに種市も赤玉も揃ってお喋りも達者ときたら、お江戸じゅうの皆に大人気さ。今では『赤玉の飴売りは○の刻ごろにここを通ります』なんて貼り紙をして、客を呼ぼうとしている茶店まであるくらいだよ」

「ということは、赤玉の羽毟りは……」

仙がぐっと拳を握ってみせた。

「綺麗なもんだったよ。きっと人気者の赤玉さんは忙しすぎて、己の羽をぼりぼり毟ってる暇なんてないんだろうさ」

「わあ、やったあ！」

美津と仙とで、両手をぱちんと打ち合わせた。

「種市って男もさ、きっともっともっと働きたかったんだと思うよ。頭だけは白髪になっちまっていたけどさ、まだまだ肌艶も良くて足腰もしっかりしていただろう？ 己のことをわざわざ爺だ年寄りだ耄碌している、なんて悪く言ってさ、ほんとうは浮き世のことが気になって仕方がないんだ」

「種市さんはどんな様子だった？ 赤玉と一緒に生き生きと働いていた？」

「言わなくてもわかるだろう？ 水を得た魚、ってのはまさにあのことさ」

仙がにやりと笑った。

「ねえ、お仙ちゃん、久しぶりに善次に会えて嬉しかったわね。あの後何か……」

考えたことはある？ と聞こうとしたところで、仙がはっとした顔をした。

「おっと、患者さんがいらしたよ。商売のお邪魔になっちゃいけないから、私は退散するよ」

仙が生垣の合間から身を翻して去っていったのと同時に、《毛玉堂》の庭に白地に黒のぶちの犬が、中年の女と五つぐらいの少年に連れられてやってきた。

「失礼いたします。凌雲先生に、どうかうちの牛丸《うしまる》の脚を診ていただけましたらと」

「脚ですって？」

美津は嫌な予感に動きを止めた。

「はい、この牛丸はやっと一歳になったばかりの雄犬です。まだ我が家に来てから二月も経っていませんが、それはそれは利口な犬で、あっという間に息子にとっていちばんの友となりました。家に上げて、寝ても起きてもいつも一緒に過ごしておりましたが、つい数日前から後ろ脚を引き摺っているんです」

「お姉さん、牛丸の脚を治してやっておくれよう」

泣きべそ顔の男の子の顔を、傍らの牛丸が猛烈な勢いで嘗め回す。

「こら、こら、おやめ」

男の子が苦笑いを浮かべると、牛丸はすぐに素直に言うことを聞いてまっすぐに美津を見つめた。

美津は密かに牛丸の身体を上から眺める。

息が止まった。

牛丸の骨盤は驚くほど小さくて、美津にはそのでっぱりをほとんど見て取ることができない。

「もしかして、牛丸は、犬屋さんで買い求めましたか？　浅草寺の参道の近くにある、お江戸で評判の犬屋さんで……」

「えっ、どうしてわかるんですか？　《毛玉堂》さんが、《けんけん堂》さんと懇意にしていらしたとは！」

女が目を丸くした。

「い、いいえ。《けんけん堂》さんのことは存じ上げません。ですが、とても賢くて可愛らしい犬を扱っている、と評判は耳に入っていたもので」

「そうなんです。《けんけん堂》の犬は、ほんとうにどの子も賢くて可愛らしいんです。うちの牛丸のようにね！」

「お美津、どうした？」

縁側で聞こえた凌雲の声に、美津は縋るような目を向けた。

お馬鹿犬

一

「《けんけん堂》……こう書くのか？」

脚に添え木を当てた牛丸を見送った凌雲が、紙に〝犬々堂〟と書いて首を捻った。

美津は縁側で眠りこけているマネキの背を撫でた。

マネキはつい先ほど《毛玉堂》へ犬が訪れたことにさえ気付いていないようだ。いつもなら犬の患者が現れるたびに、うるさいなあ、とばかりにひょいと身を翻していなくなってしまうはずなのに。

「浅草寺の参道の近くにある、お利口で可愛い犬だけを集めた評判の犬屋。鳥屋の仲蔵さんが仰っていたところに間違いありません」

妙な掛け合わせのせいで後から生まれつきの病が見つかったら、いったいどうするんだと。

《犬々堂》から犬を迎えたいといった妻を窘めた、仲蔵の慎重な口調が耳の奥に蘇《よみがえ》る。脚を引き摺って《毛玉堂》へやってくる骨盤の小さな犬たちを想い、ぞくりと寒気がした。

「掛け合わせって、恐ろしいものですね。軽い気持ちで人が関わって良いとは思えません」

美津は重苦しい息を吐いた。

「お美津の言うとおりだ。もっとも〝失敗作〟を間引くことができてしまうような人の心のない者にとっては、楽な仕事に違いないがな」

「間引くだなんて、そんな……」

凌雲の言葉の強さに胸が痛む。生まれたばかりの命を、人が望んだ造形ではないからといって殺してしまうなんて。そんな鬼がこの世で人の皮を被って生きているなんて、考えたくもない。

「命を軽んじれば必ず罰が当たる。生き物を扱う商売は三代続かないと言われているのは、そういうわけだろう」

凌雲が厳しい顔をした。

仲蔵の店で楽し気に鳴いて主人に甘えていた、片翼がない文鳥を思い出す。

あの鳥屋だって、命に値をつける非情な仕事だ。だが己の手によって生ませた命は最後まで見届ける。人の心を決して失わない。そんな仲蔵の信念と必死の心配りがあるからこそ、商売を続けることができているに違いない。

「放っておいてもいいんでしょうか。これからも《けんけん堂》では、生まれつきお利口で可愛らしくて、でも脚に痛みを抱える犬を売り続けるんです。そんな酷いことが起き続けても良いんでしょうか」

胸の中に黒いものが広がる。人の都合で痛みを抱えて生まれ、それでも己の命を喜び精一杯に生きている犬たちが不憫《ふびん》でならない。

「お美津、それはお前の思い込みだ。《毛玉堂》へやってくる犬たちには、ただの掛け合わせだけでは納得できないこともある」

凌雲が静かに窘めた。

「だが、一度、浅草寺の参道へ行ってみなくてはいけないな。一緒に行ってくれるな？」

美津は目を見開いた。

「はいっ！」

つい先ほどまでの暗い心持ちが嘘のように、己でも驚くほど前向きな声が出た。

今の私は凌雲と共に、苦しんでいる患者のために悩み、力を合わせて解決を試みている。凌雲にとって他に代わりのきかない相手になれたようで嬉しかった。

「こんにちはっ！　《毛玉堂》さん、ってこちらですか!?」

女の鋭い声に、はっと顔を上げた。

「はいはい、今日はどうされましたか？」

美津が門のところまで迎えに行くと、美津よりも二つ三つ年下と見える若い女が、いかにも気の強そうな顔つきで眉を吊り上げていた。

女は、白い毛並みのところどころが茶色くなった焼いた餅のような柄の大きな犬を連れている。

「私は文《ふみ》と申します。こちらはてろ助《すけ》。ぜひとも立ち会いをお願いしたいんです！　この人に言いがかりを付けられて困っているんです！」

文はうんざりしたように腕を前で組むと、美津にまで険しい目を向けた。

「《毛玉堂》さんに話を聞いてもらいたいのは、こっちのほうさ」

文の背後には仏頂面を浮かべた老人が、年老いて目が濁った狆をひしと抱き締めていた。

「立ち会いですって？　いったいどうされたんですか？」

怪訝な気持ちで、文に、老人に目を巡らせた。

る。

《毛玉堂》では、時折、揉め事を起こした獣の飼い主たちが駆け込んでくることがある。

美津も凌雲も、どちらかに肩入れをするわけにもいかない。

だがあまりにも無理難題を言ってくる相手を窘めたり、双方から気が済むまで話を聞いてやったり、というくらいのことは心掛けていた。

だいたいの飼い主は、凌雲が淡々と「身体の具合は何ともないぞ」と言うだけで、すっと頭を冷やしてくれていたが。

「この犬が、うちの垂丸《たれまる》に襲い掛かってきたのさ。間一髪のところで私が助け出さなかったら、垂丸は今頃喰い殺されていたさ！」

老人が忌々し気に言った。

「襲い掛かった、ですって？」

老人の物騒な言葉に美津は目を白黒させた。

「失礼ね。てろ助は心優しい子です。山奥でカラスに襲われていたところを助けてから、私のことを本当のおっかさんだと信じて甘え切っているのよ」

文が老人を睨みつける。

「怯えている垂丸をいつまでもどこまでも追いかけ回して、嚙みつこうとしただろう？」

老人が小刻みに震えている垂丸に頰を寄せる。

「てろ助がそんな恐ろしいことをするはずがないでしょう？　濡れ衣だわ」

「ちょ、ちょっと待ってください。そちらのてろ助が、こちらの垂丸を追い回してしまったんですね？」

美津は、二人とも落ち着いて、と呟いた。

「喰い殺そうとしてな！」

「違うわ！」

二人が睨み合ったその時、文が「あっ！　てろ助！」と叫んだ。

てろ助と呼ばれた犬が、美津に飛び掛かってきたのだ。

「きゃあっ！」

てろ助は、一抱えほどもある大きさの犬だ。力いっぱい飛びつかれて、美津は尻餅をついた。てろ助は、仰向けに転んだ美津の身体によじ登るようにして、狂ったように顔を嘗め回す。

「あら、あら、まあ、まあ」

文は可笑しそうに笑っている。

「ちょ、ちょっとごめんね。やめてちょうだいな」

飼い主の手前、力いっぱい押し返すことはできない。だが、頬をがりっと引っ掻かれてしまった。着物の襟元は泥だらけだ。

優しく押し留めつつ少々力を込めて、どうにかこうにか立ち上がると、再びどんっと飛びつかれて、今度は着物の裾が大きな音を立てて破れてしまった。

「この子は、綺麗なお姉さんが大好きなんですよ」

文がうふふ、と笑った。首筋と頬が傷だらけ、お気に入りの着物を襤褸雑巾のようにされて呆然としている美津の姿に、謝ろうともしない。

確かにてろ助は、尾を千切れんばかりに振って楽しそうな様子だ。己の牙を使って人を傷つけようなんて微塵《みじん》も思っていない、剽軽で気の良さそうな顔つきをしている。

だがしかし――。

「体軀《たいく》がしっかりした良い犬だな。骨盤も立派なものだ」

縁側で凌雲の声が聞こえた。

「だがいかんせん、手の付けられない無法者だ。大事な垂丸に怖い思いをさせられて、ご老人が立腹された気持ちはよくわかるぞ」

「凌雲先生、そうなんですよ！　この犬はこんなでかい図体をしているくせに少しも躾けられちゃいなくて、危なっかしくて仕方がないんです。説教をしてやってくださいな！」

老人が大きく頷いた。

美津も一緒に頷きそうになって、慌てて動きを止める。

「てろ助は優しい子よ。決して人も犬も嚙んだりしないわ。勝手にひどく怯えて逃げ出したのは、そちらの臆病者の垂丸よ。躾なんて可哀そうなこと、少しも必要ないわ」

文はどこまでも己を曲げるつもりはなさそうだ。

「垂丸が臆病者だって？」

老人が赤い顔をして訊き返した。

「……てろ助は、耳垂れが出ているぞ」

凌雲が、ふと気付いた顔をした。

今にも文に怒鳴りかかりそうだった老人が、「えっ？」と白けた顔をした。

「これは治療が必要だ」

凌雲は真剣な面持ちでてろ助の首元を押さえた。

てろ助は首をくるりと引っ繰り返して長い舌を伸ばし、凌雲の手を無茶苦茶に嘗め回して飛びつこうとする。

「おっと」

このところお利口な犬ばかり診ていたせいか、凌雲がてろ助のはしゃぎっぷりに少し驚いた顔をした。覚えずして身を引いた拍子に、懐から手拭いの端が覗いた。

と、てろ助はその手拭いをはしと噛んで力いっぱいぶん回す。

「わっ、やめろ、やめろ！」

咄嗟に取り返そうとした凌雲とてろ助との間で、綱引きの戦いが始まった。

一切の加減のない犬の力はとんでもなく強い。体勢がよろけたところで、凌雲が慌てて手を離した。

あっという間にてろ助が勝った。手拭いは無残にも八つ裂きにされてしまった。

てろ助は得意げに文を見上げる。

「まあ、まあ、てろ助ったら。まったくこの子は、剽軽ものなんです」

けらけら笑う文に、破れた手拭いを拾う凌雲がさすがに恨みがましい目を向けた。

「悪いがお力添えを頼もう。てろ助を大人しくさせることはできるか？」

「まさか！　てろ助を大人しくさせるですって？　そんなこと無理に決まっています

わ」

文が首を横に振る。

「それなら耳を診ることはできないぞ」

凌雲が素っ気なく言うと、文は「何ですって？」と拗ねたような顔をした。

「凌雲さん！　私がやります！」

結局、美津が駆り出される羽目になった。凌雲と二人がかりでてろ助をどうにかこうにか抑え込んだ。

凌雲が水に浸した布をてろ助の耳に突っ込み、しっかり中を拭いた。てろ助は「ひええ」と人のような悲鳴を上げた。

「大仰な奴だな。ちっとも痛いことはしていないぞ」

凌雲が苦笑いを浮かべたそのときに、てろ助は真っ赤な舌で荒い息を吐きながら、じゃじゃっと小便を漏らした。

二

「耳搔きを使ったな。耳の中が傷ついている。それに耳垢《みみあか》が奥に押し込まれていたぞ」

凌雲は、てろ助の耳垂れで茶色く汚れた布を手早く捨てた。

「てろ助は少しも大人しくしていないものですから。棒の先に綿を付けて、遠くからこっそり拭いたんです。あっ、わっ、てろ助！」

てろ助が文に飛び掛かって、顔を滅茶苦茶に嘗め回した。

「耳が汚れているときは、血膿《ちうみ》をそのままにしてはいけない。どんな傷口も、汚れたままではとがめてしまう。だが、飼い主が手出しをしていいのは見えるところだけだ。濡らしてからきつく絞った布で、見えるところだけを丹念に拭いてやれ。奥を突いて傷つけたら、もっと悪いことになる」

「わかりました。これからは見えるところだけを布で拭っておくようにします。もっとも、この調子じゃあ、できるかどうかはわかりませんが。もう、てろ助、お前はまったく。わかった、わかったわ」

文は少しも深刻なこととは思っていない様子だ。

凌雲はてろ助を制しようとしながら続けた。

「腫《は》れを鎮める薬を出しておこう。家で、薬を飲ませることはできるか？」

てろ助は全力で凌雲の手を嘗めようと舌を伸ばしている。

「それはお任せください！　てろ助は腐っているものでも落ちているものでも、何でもぺろりと平らげる食いしん坊なので。どんな苦い薬でも、餌に混ぜれば気にせずに食べます」

「何だって？　拾い喰いは良くないぞ。命に関わることも――」

「ぎゃっ、てろ助。痛い、痛い！」

文がほんとうに痛そうな悲鳴を上げた。だが笑顔のままだ。よく見ると、その手は真っ赤な引っ掻き傷だらけだ。

「てろ助は、私のことが好きで好きでたまらないんですよ」

垂丸を抱いた老人が、呆れた顔でため息をついた。

「滅茶苦茶な飼い主だよ。こんなのを相手にしちゃいられないさ。垂丸、とっとと家に帰ろう」

老人が踵を返して《毛玉堂》を後にしたところで、ふいに、背後からわんっ、と鳴き声が一声聞こえた。

はっと振り返ると、白太郎が縁側のあたりで怪訝そうな顔でこちらを見ていた。

今しがたまで茶太郎、黒太郎を従えて縁側の下で昼寝をしていたところだ。

「痛い、痛い！」という文の悲鳴に、何事が起きたのかと不安になって庭に出てきたに違いない。

マネキが寝ていた木箱はとっくの昔に空になっていた。

と、てろ助が身体を左右にくねらせて狂喜乱舞しながら、白太郎に突進した。

白太郎は最初、わんわん、と険しい鳴き声で応じていた。だが、てろ助が目と鼻の先まで近づいてくるやいなや、はっとしたように尾を巻いて逃げ出した。

楽しい遊びが始まったとでもいうように、てろ助は一目散に白太郎を追いかける。

先を行く白太郎は目を見開いて、耳を伏せている。酷く怯えた様子だ。

「ちょ、ちょっと、てろ助！　だめよ！　凌雲先生、止めてください！」

美津は慌てて走り出した。白太郎を追いかけるてろ助を追いかける。だが犬の脚に勝てるはずがない。

てろ助が白太郎に飛び掛かった途端、「きゃん！」と甲高い叫び声が響き渡った。

「てろ助！」

文が悲鳴を上げた。

襲い掛かられたと思った白太郎が、混乱しててろ助の脛《すね》に嚙みついたのだ。

てろ助は「きゃん、きゃん！」と哀れな悲鳴を上げながら、文のところに飛んで帰った。文の着物の裾に頭を埋めて、ぶるぶる震えている。

「せ、先生、どうしてくださるんですか。あの白犬が、うちのてろ助を……」

文が険しい顔で凌雲に喰ってかかった。

てろ助の頭を「おう、よしよし、怖かったね」と撫でながら、白太郎を睨みつける。

「道理の通らないことを言うな。見ていただろう。怯えている犬をさらに追いかけ回したりなぞしたら、噛まれるのが当たり前だ」

凌雲にきっぱりと言い切られて、文は、うぐっと唸った。

「てろ助は遊ぶつもりだったんです。ちょっと加減がわからなかっただけです」

「ちょっとだって？　だいぶ加減を知らないようだ」

凌雲がてろ助に近づくと、後ろ脚を掴んで検分した。

「なんだ、血も出ていないぞ」

尾を股の間に入れてぶるぶる震えている尻をぽん、と叩くと、てろ助は「ぎゃあ」と叫んで飛び上がった。

「お文、大事な話をしよう。このままにしていては、てろ助は長くは生きられない」

凌雲が文にまっすぐ向き合った。

「えっ！　何ですって⁉　てろ助は、重い病気なんですか？」

長くは生きられないなんて、あまりに不穏な言葉だ。文だけではなく美津まで息を呑んだ。

「身体は壮健そのものだ。毛並みも良く、四脚もしっかりしている」

「それじゃあ、どうしてそんな恐ろしいことを仰るんですか……」

文が、信じたくないというように首を横に振った。

「てろ助が暮らす場が、人里離れた山奥だというなら、このままでも構わないだろう。だがこの浮き世は、どこまでも人さまに都合が良いようにできている。このままでは、いつかてろ助は命に関わる事故に遭う」

「い、嫌な予言をするのは、やめてくださいな」

文が不安な顔をして、凌雲を睨んだ。

「予言ではない。《毛玉堂》で過ごすてろ助の姿を見ての懸念だ」

「仰る意味がわかりません。てろ助はとても良い仔です。先生に何がわかるんですか？」

文が踵を返そうとした。

てろ助はもうこんな恐ろしいところからは帰りたくてたまらない様子で、文と一緒にそっぽを向いている。

「お文、躾だ。てろ助にはやはり躾が必要だ。飼い主が『やめろ！』と言ったらすぐにやめさせる癖をつける。犬を飼うなら、そうしなければいけないんだ。それがてろ助のためなんだ」

文の動きが止まった。

しばらく何か考えるような顔をしてから、ふと目に生意気そうな光が宿る。

「ならば、《毛玉堂》のお二人で、てろ助の躾をお願いいたします」

「えっ？　《毛玉堂》で、ですって？」

美津は凌雲と顔を見合わせた。

「躾というのは叱るのが必要ですよね？　私、てろ助を叱りたくありません。てろ助に決して嫌われたくないんです。お二人の手に掛かれば、あっという間にてろ助は、躾の行き届いた良い犬になりますよね？」

文が生意気そうな顔で、鼻先をつんと空に向けた。

三

「それで、引き受けたってのかい？　お美津ちゃんも凌雲先生も人が好すぎるよ。叱って嫌われたくないだって？　躾ってのはそうしなくちゃいけないもんだろう。己はお馬鹿犬を猫可愛がりしておいて、嫌われ役だけを誰かに押し付けようなんて、そんないい加減な話ってあるかい？」

　仙は縁側にどかりと足を開いて座ると、膨れっ面をした。

　庭に繋がれたてろ助が落ち着きなく吠えているせいで、縁側のいつもの場所にマネキの姿が見えないことにむっとしている様子だ。

「お仙ちゃんの言う通りよ。でも、断るわけにはいかないわ。わっ、てろ助、いけないわ！　やめなさい！」

　興奮しきったてろ助が、地面の土を掘り始めた。黒い土が庭中に飛び散る。犬は土を掘るのが得意だ。てろ助ほどの大きさの犬だったら、繋がれている木の根を剝き出しにして引っこ抜いたり、長い穴を掘って生垣の外にまで逃げ出してしまってもおかしくない。

「こらっ！　おやめっ！　私は、友達とのお喋りを邪魔されるのがいちばん嫌いなんだよっ！」

　仙が両手を力いっぱい打ち鳴らして怒鳴った。

　てろ助はほんの刹那だけ、掛かってこい、とでもいうように楽し気に身構えた。だがすぐに仙が本気で怒っていると気付くと、決まり悪そうに目を逸《そ》らした。愛想笑いという様子で尾まで振っている。

仙が、「よしっ、それでいいんだよ」と鼻を鳴らした。

「それで、断るわけにはいかない、ってそんな弱気でどうするんだい？　私はね、大事な友達が我儘《わがまま》な奴らにいいように使われているのを見ると、たまらなく腹が立つんだ」

かつて「面倒をみてやっておくれよ」なんていきなり《毛玉堂》に善次を連れてきたことも忘れて、仙は荒い鼻息を吐いた。

「でもね、お仙ちゃん、それは飼い主さんのやるべきことです、って断っても、てろ助は何も変わらないわ。だって飼い主さんたちは、これまでも自分たちでできなかったから私たちに頼んでいるんですもの」

「そんなことないよ。あんたたちには飼い主の自覚がないのかって、思いっきり叱りつけて説教してやればいいだろう？」

仙が無邪気に言い放ってから、美津の顔を見てはっと気付いた顔をした。

「……お美津ちゃん、ごめんよ」

日々獣とその飼い主に接していると、驚くほど悲しい出来事に当たることがある。

着物を着せて我が子のように可愛がっていた犬を、もうこの毛色には飽きたから引き取ってくれと頼みにくる者。飼っていた猫が子を産んだから、犬の餌にでも使ってくれと塵屑《ちりくず》みたいに箱に詰めて捨てていく者。

幸いなことに、そんな心ない者はさほど数は多くない。だが一度でも関わってしまうと、胸の深い傷跡はいつまでも消えない。

大事に可愛がられていたはずの獣が捨てられてひもじい中で死んでいくような、そんな悲しい話は辛すぎる。

危なっかしい飼い主から無茶な要求をされてもきっぱりと断れないのは、万が一にも「じゃあ、この仔はいりません」なんて言われたらどうしようと身構えてしまう、この胸の傷のせいなのだ。

「いいのよ。私、自分でももっとお仙ちゃんみたいにまっすぐにならなくちゃって思っているもの。このままじゃいけないわ」

「いやいや、お美津ちゃんはそのままでいいさ。お美津ちゃんが私みたいに素直に己の胸の内をさらけ出したら、きっと凌雲先生は震えあがって逃げ出しちまうだろうしね」

「まあ、失礼ね。そんなことないわ」

二人でぷっと噴き出して笑った。

「さあ、てろ助。それじゃあ、訓練をしましょうね」

美津は気を取り直して、庭木に繋がれたてろ助に向き合った。

あちらこちらを忙しなく動き回りながら美津の出方を窺っているてろ助に、厳しい顔を向ける。

てろ助の紐を短く握って背後に回り込み、首筋に手を置く。

早速その手を嘗め回そうとするのをきっぱりと押し退けて、ゆっくり力を込めて手を尻に向かって撫で下ろす。その場に腰を落とさせる。

てろ助はすぐに立ち上がって、またぴょんぴょんその場で跳ね始めた。

美津はその姿に顔色を変えずに、再び同じことを繰り返す。てろ助はまたすぐに飛び上がる。美津はまた同じことをする。

犬の躾において最初に必要なのは、心を落ち着かせる姿勢だ。

背後から身体をしっかり立てさせて背筋をさすり下ろし、まっすぐに座ることを教える。

十回ほど同じことを繰り返したところで、てろ助が何かおかしいぞ、というような白けた顔をして、どうにかこうにか大人しく座るようになった。

「へえ、うまいもんだねえ」

縁側で仙が感心した声を上げた。

てろ助の顔つきがぱっと華やいだ。

しかし美津が少しを気を抜こうとするや、てろ助はその隙をついたようにその場に身をくねらせてひっくり返った。

「ああ、やっぱり駄目かい。まったくお馬鹿犬だねえ」

「お仙ちゃん、そんなこと言わないで。躾っていうのは、ほんの少しずつ、一歩ずつやっていくものなんだから。うまくいく兆しがちらりと見えた、ってだけでもとても良いことなのよ」

凌雲に言われたことをそのまま繰り返す。

「さあ、てろ助、もう一度やってみましょう」

美津がてろ助の首の綱を引くが、てろ助は美津のほうを見ることさえしない。腹を空に向けて、背を地面の土にごりごりと擦り付けてご機嫌だ。

「ほら、てろ助。駄目よ」

美津がてろ助の腹に手を伸ばしたとき、てろ助がその手をぱくんと噛んだ。

「きゃっ！」

突然のことに驚いて大きめの声を出してしまった。

てろ助の目は優しい。子供が抱き付いてくるような調子の甘噛みだ。

もう、この仔は。

美津は小さくため息をついた。てろ助はまるで笑っているように楽し気に目を細める。

でも、厳しい訓練なんてもうやめて、遊んで欲しいのだろう。

でも、真似事でも人を噛んではだめよ。

美津は顔を顰めて首を横に振った。

甘噛みとはいえ歯が喰い込んでくると結構痛い。通りすがりの人をこんな調子でぱくんとやったら、大騒ぎされてもおかしくない。この甘噛みの癖もしっかり直さなくては。

と、いきなり頭にざぶりと冷たい水がかかった。

「こらーっ！　やめるんだよっ！」

水桶《みずおけ》を手にした仙が、鬼の形相でてろ助を睨んでいる。手にした草履で、てろ助の尻を容赦なく叩いた。

「お美津ちゃんから離れなっ！　その喰いついている牙を離しなっ！　すぐに、すぐにだよっ！」

美津がてろ助に力いっぱい噛みつかれていると勘違いしたのだ。

仙の剣幕に、てろ助が「きゃん！」と悲鳴を上げた。その鼻っ面を、仙がもう一度草履でぴしゃりと叩く。

「なんておっかない犬だろうね！　お美津ちゃん、手はちゃんとくっついているかい？　すぐに凌雲先生に手当をしてもらおうね！」

「お仙ちゃん、違うの、平気よ」

「へっ？　あれ？　お美津ちゃん、いったいどっちの手を噛まれたんだい？」

そのとき生垣が揺れた。

「あっ……」

美津は息を吞んだ。

生垣の隙間から現れたのは、顔を茹蛸《ゆでだこ》のように真っ赤にしたてろ助の飼い主の文だ。

「あんたたち、可愛いてろ助に、いったい何をしたの！」

文が叫ぶと、てろ助が「きゃー！」と娘のように大喜びして飛んでいく。

「す、すみません。友達が、私がてろ助に噛まれていると勘違いしてしまって……」

「なんだい、そんな真っ赤になって。お尻と鼻先を、草履でぴしゃってやっただけじゃないか。木槌でごちんと叩いたわけでもあるまいし」

仙が小声で口を尖らせた。

「躾なんていって、てろ助に酷いことをするんじゃないかって生垣の隙間から見張っていたのよ。まったくそのとおりだったわ！　てろ助は連れ帰らせていただきます！」

てろ助は味方が現れたとわかったのだろう。文と一緒になって、仙に向かって得意げに吠え立てる。

「見張っていたってんなら、人んちの庭を滅茶苦茶にする前に止めてくれたっていいのにねえ。あの調子で人に喰いついたら、加減がわかっていないと勘違いされて当たり前さ。私は謝らないよ」

仙がてろ助にべえっと舌を出してから、穴を掘ったせいで土だらけになってしまった庭を睨む。

「何ですって？」

文と仙が睨み合ったところで、美津は慌てて割って入った。

「先ほどのことは謝ります。どうぞお許しください。でももう少しだけ、てろ助と一緒に訓練をさせていただけませんか？　てろ助は、ようやく大人しく座るコツを摑み始めたところなんです」

「いいえ、もうたくさんです！」

文は美津の言葉なぞ一切聞こえていない顔で、てろ助の綱をしっかり握った。

四

「そうか、連れ帰られてしまったか」

凌雲が荒れ果てた庭に目を向けた。

朝早くから馬のお産の手伝いに行ったせいで横顔に疲れが窺える。だが、てろ助の話を聞いて気落ちした様子はない。むしろ、思っていたとおりだとでもいうように頷く。

「私が悪いっていうなら今この場ではきちんと謝りますよ。少なくとも、お美津ちゃんと凌雲先生は何も悪くないですからね」

仙は縁側でマネキをしっかり抱いて、眉を八の字に下げている。

美津がてろ助の躾に思い入れを抱いていたことはわかっているのだろう。だが飼い主の文の言い草にはどうしても納得が行っていない様子だ。

「謝るには及ばない。お仙は勘違いをしただけだ。美津の手に力いっぱい噛みついた、すぐに助けなくてはたいへんなことになる。お仙にそう思わせてしまうものが、てろ助にはあったということだ」

「そう、そうなんですよ！　あの飼い主がこれまでてろ助のことをざんざん甘やかしたせいです。可愛い可愛い、って好き放題にさせて、何一つお行儀を仕込んでこなかったせいで、水をぶっかけられて、尻と鼻っ面を叩かれる羽目になったんです。ぜんぶ、ぜんぶ、飼い主のせいですよ！　てろ助のことがほんとうに可愛いってんなら、心を鬼にしなくちゃいけないときもあります！」

身を乗り出してそう言ってから、ふいに仙の顔に影が差した。

何か思うところがあったのか、しゅんと萎れたように肩を落とすと、マネキの毛並みに顔を埋めた。

「てろ助は、山で拾った犬だと聞いたな」

「そうですね。山道でカラスに襲われていたところを助けたと仰っていました」

美津は頷いた。

「きっと野犬の仔だな。カラスに襲われていたということは、乳離れをしたかしないかの頃だろう。親犬の代から人に飼われて安心して過ごしていた犬に比べれば、躾が難しいのは間違いない」

「躾がうまく行くかどうかは、親犬の血筋に関わりがあるんですか？」

美津の質問に、凌雲は首を横に振った。

「私が気にしているのは、生まれてから二月のことだ。犬は生まれてから二月育ったところで一生の気質が決まる。野犬の群れで育って人と関わる機会がなかった、むしろ石を投げられて追い回されたような犬は、大人になっていくら人から大事にされてもすっかり慣れることはそうそうない」

「三つ子の魂百までっていうことですね。でもてろ助は人が大好きですよね？」

「もしかしたら、山で野犬に餌を与えて可愛がってくれた人がいたのかもしれない。それか、己の頭でちゃんと考えて、幼い頃に抱いた人への敵意を上書きしたのだろう。もしも後者だとすれば、相当頭が良い犬に違いないな」

「てろ助は、お馬鹿犬ですよ」

仙がマネキの腹に顔を埋めたまま、もごもごと言った。

「……でも、お美津ちゃんが背中を何度も撫でていたら、十回目くらいでどうにかきちんと座っていましたけれどね」

「座っていたのか？　十回目でそれは、見事なもんだ」

凌雲が、ほう、と呟いた。

「え、ええ。てろ助は、思ったよりずっと素直に奮闘してくれました」

上手に座れたことを仙に褒められて、目を輝かせていたてろ助の姿が胸を過《よぎ》る。

もう少しの間ここに預けてくれれば、文が驚くほど利口な犬になったかもしれない。最初の一歩がうまく行けば、文も己で躾をしようと思ってくれたかもしれない。

だからこそ、あのままてろ助を連れ帰られてしまったのが気がかりでならない。

凌雲は美津の顔をしばらく見つめた。

「お仙、悪いがしばらく、《鍵屋》でてろ助の噂を集めてくれないか。あれほどの剽軽者だ。きっとそこかしこで騒ぎを起こして可愛がられ半分、迷惑がられ半分といった様子に違いない。当分、私たちはそうやって遠くから気を配ろう」

「はい、もちろんお任せくださいな！　何なら私に憧れている男連中に命じて、毎日、『今日のてろ助』なんて文を届けさせますよ！」

いつもの調子で冗談を言いながらも、仙は先ほどからどこか元気がない。得意げに笑った口元がすぐに下がってしまう。

「頼んだぞ。お文がほんとうに困ったら、いつかまた必ずここへやってくるはずだ」

それまでてろ助が、問題もなく無事でいてくれるといいけれど。

美津は祈るような心持ちで頷いた。

五

「凌雲先生、いらっしゃいますか？　ややっ！　ここには大きな猫めがおりますな！　おっと、お美津さん、どうも失礼いたしました。鳥屋をやっていますと、猫を見るとどうも気が張ってしまいましてねえ」

長く続いた梅雨が明けてようやく夏の気配だ。そこかしこにまだ残った水溜まりにお天道さまの光が輝き、心地良い風が吹き抜ける。

《毛玉堂》へ鳥屋の仲蔵が訪ねてきた。

「仲蔵さん、お久しぶりです。種市さんと赤玉はどうされていますか？」

仲蔵の楽し気な顔つきに、安心して訊く。

「種市も赤玉も、人が変わったように生き生きと働いておりますよ。仕事の帰りに、そろって赤玉の餌を買いに寄っていただけるので、私も嬉しくてねえ。己が売った鳥が幸せそうに齢を重ねている姿を見るのは、何よりの喜びです」

仲蔵が脇に抱えていた本を持ち直した。

「今日は凌雲先生に鳥の本を差し上げようと思いましてね。昔の学者が異国で学んだ鳥の飼い方を記した、鳥屋の間では定番の本です。これを読んでいただければ、私の関わりのないところで具合の悪い鳥に出会われたときに、大いに参考になるはずです」

「まあ、ご親切にありがとうございます」

ほんとうならば、商売道具の門外不出の本のはずだ。しかし己の知識を少しも出し惜しみすることのない仲蔵の様子に、この男はこの世のすべての鳥を心から大事にしているのだと思い知る。

凌雲がこの本で学んで鳥を診ることができるようになれば、よりたくさんの鳥たちが幸せになると信じているのだろう。

「凌雲先生、仲蔵さんがいらっしゃいましたよ。とても貴重な鳥の本を持ってきてくださいました」

奥に向かって声を掛けると、凌雲がすぐに縁側に現れた。

「仲蔵か。よく来てくれた」

親し気な笑みを浮かべる。

早速、本を開いて得意げに説明を始める仲蔵と、興味津々という様子で覗き込む凌雲。二人が話し込んでいる間にお茶を淹《い》れて戻った。

仲蔵の着物に鳥の匂いが付いているのか、マネキと三匹の犬たちが何とも怪訝そうな顔でじっと仲蔵の背を見つめているのが可笑しい。

「お江戸ではとにかく小さいものを有難がるって悪い癖があります。江戸っ子は見栄っ張りですからね。大きい葛籠《つづら》と小さい葛籠があって、この世のどこに小さい葛籠を選ぶ人がおりますか。鳥だって獣だって、みんながみんな大きいほうを選ぶに違いありませんよ。江戸っ子ってのはそれをわかっていて、わざと人の逆を選ぼうとするんです」

「小鳥の話か」

「ええ、そうです。小鳥ってのは、その名のとおり、もうすでに小さくて儚《はかな》いもんなんですよ。それを、時折、もっと小さな鳥は手に入らないか、誰よりも小さい鳥が欲しい、なんて恐ろしいことを言ってくる客がおります」

「小さく生まれた命は、育つのが難しい。それはこの世の摂理だな」

凌雲が厳しい顔で頷いた。

「そうです。身体が小さいと、大事に守って気を配っても、それでもふとしたことですぐに弱ってしまうことがあります。私はそんな弱い鳥をこれまで何度も見ていますよ。苦しい思いばかりをして、かわいそうで、かわいそうでなりません」

仲蔵が涙ぐんだ。

「だから私は、どんなに金を積まれても、そんな人の道に外れた求めには応じないと決めているんです。うちの鳥は、何より丈夫で長生きをするのが取り柄です。その上壮健な美しさでは、お江戸の誰にも負けませんよ」

「良い話だ。いつか鳥を飼う機会があれば、ぜひ仲蔵のところで譲り受けたいものだ」

「おっと、凌雲先生。残念ですがうちの鳥屋では、猫のいる家には決してお譲りしないと決めているんです。たとえ凌雲先生でも、それは曲げられません」

仲蔵がマネキを指さすと、マネキは居心悪そうにぷいと顔を背けた。

「そうか、悪かった。確かに仲蔵の言うとおりだな。獣には万が一ということが必ずある」

凌雲が真面目な顔をした。

「そうです。そして万が一のときに大事な命を失わせてしまうのは、すべて人のせいです」

仲蔵の言葉には胸にずしりと迫る重みがあった。

ふいに美津の脳裏にてろ助の姿が浮かぶ。

「そういえば、仲蔵。先日聞いた《けんけん堂》について、もう少し話がしたかった」

「うちの女房が話していた犬屋のことですね。あの犬屋が何かやらかしましたか？」

仲蔵が眉を顰めた。

「実はこのところ《毛玉堂》に、骨盤が小さく足が弱い犬がよくやってくる。揃いも揃って、《けんけん堂》で譲り受けたとの話だ」

「骨盤が小さい？　それは間違いなく人のせいですよ。きっと客の求めるままに身体の小さい犬を作ろうとして、歪みが出たんです。やはりあそこは、そんな阿漕《あこぎ》な商売をしていやがったんですね！」

仲蔵が怒りに拳を握り締めた。

「私も同じ考えだ。だが一つ、腑に落ちないところがある。あの犬屋で売られた犬たちが、皆揃って利口であることだ。賢さというのは、生まれだけで決めることができるのか？」

仲蔵が慎重な様子で首を捻った。

「おそらく気質はあります。身体を目一杯動かすことが少しも苦ではない気質、皆の輪の中でお喋りすることが大好きな気質、凌雲先生のようにひとり本を読みふけるのが何より好きな学者の気質。こういった何を好むかという気質は、親から継いでいる場合もあるでしょう」

仲蔵の冗談に、凌雲は小さくにこりと笑った。

「ですが、一切手を掛けずにそのへんに放ったらかしておいて、生まれつきお利口で頭が良い、なんて都合の良い話はどこにもありません。鳥屋にいらっしゃるお客さんには必ずお伝えするんです。鳥の仔は人の子と何も変わりません。つまりあなたさまが心を配り、手を掛ければ掛けた分だけ良い仔になります、ってね」

「ならば、《けんけん堂》はおかしいと思わないか？」

「……確かに、おかしな話ですね。金のために小さい犬を作ろうとするような大馬鹿者が、一方では犬を大切に世話しているということになりますからね」

凌雲と仲蔵は揃って両腕を前で組むと、難しい顔で黙り込んだ。

六

それから数日後、仙が血相を変えて《毛玉堂》の庭へ飛び込んできた。

「お美津ちゃん、たいへんだよ！　てろ助が川へ落っこちたんだって！　通りすがりの子供が抱いていた人形を無理やり引ったくって、取り返そうとした父親に追いかけ回されたのさ。川っ縁《ぷち》まで追い詰められたところで逃げ場がなくなって、どぼん、だよ」

「何ですって⁉」

美津は悲鳴を上げた。恐れていたことがこんなに早く起きてしまうなんて。

「それで、てろ助は無事なの？」

震え上がる心持ちで訊いた。

「ああ、大事なことを最初に言わなくちゃいけなかったね。てろ助はぎゃあぎゃあ喚きながら無茶苦茶に泳ぎ回って、どうにかこうにか岸に辿り着いたらしいよ。お文は、てろ助の命が助かってよかったって泣いて喜んでいたみたいだけれどね……」

仙の言葉が途切れた。

庭先に悲痛な顔をした文が立っていた。

「お美津さん、先日は、たいへんな失礼を申し上げました」

文は暗い様子で頭を下げる。今日は、てろ助の姿はない。

「えっ、その傷どうされましたか？」

文の手の甲には点々と赤い跡。その周囲は青い痣《あざ》ができている。犬の噛み跡。それも甘噛みとは違う、加減の一切ない噛み方だ。

「てろ助は、おかしくなってしまいました。縁の下に身を縮めて目を爛々とさせてがたがた震えています。鼻っ面には常に皺が寄って、牙を剝き出しにしています。少しでも触ろうとすると、獣の形相で喰らいつくんです」

文が己の手の甲を袖の中に隠した。

「まさか、あのてろ助が」

「てろ助が水に落っこちてから近所で噂になり、いろんな人たちに責められました。ああなって当然だ、子供を噛んでいたらどうなっていたか、って叱られて。だから私も慌てて、必死で躾を始めたのですが」

「いったいどんな躾をなさったんですか？」

恐る恐る聞く。

「悪いことをしたら、容赦せずに叩くと決めました。それがこの子のためだと気付きましたので」

文が口元をへの字に曲げた。

美津は息を吞んだ。

「私、何か間違っていますか？　お仙さんだってそうされていたでしょう？」

文が仙に恨みがましい目を向ける。

美津は、傍らの仙の眉がきりりと吊り上がったことに気付く。いけない、このままでは仙が文にきっと何か物申してしまう。

「そうでしたか。痛い思いをされましたね。犬に噛まれるというのはとても怖いことですよね。うちの白太郎も、初めてこの家に来たときはそうでした。どれほど手の甲を穴だらけにされてしまったかわかりません」

美津は文を落ち着かせるようにゆっくり言った。

昔の白太郎は、ちょうど文が言い表したてろ助そのままの姿だった。

目が合うたびに、決して近づくな、と叫ばれているような気がして。だがこのまま放っておくわけにはいけないと、怪我を覚悟で幾度も手を差し伸べる。そのたびに痛い思いをして、どうして心が通じないんだろうと泣きたくなったものだ。

「ほら、見てくださいな」

手の甲の傷跡はいつまでも治らない。美津が白太郎の歯形を人差し指でぽつぽつと辿ると、文はその痛々しい姿に目を剝いた。

「なんてひどい傷なの！　私よりも、もっと、ずっと……」

文が泣き出しそうな顔をした。顔色が真っ青だ。

今の文には、加減なしに犬に噛みつかれた傷の痛みと恐ろしさがわかるのだろう。

「そんな乱暴者がどうやって、あんなにおとなしくなったんですか？」

文は白太郎に目を向けた。

てろ助がいないからだろう、今日の白太郎は、安心しきって縁側でマネキと一緒に昼寝をしている。

「きっと今のてろ助は、水に落ちた衝撃に、急に厳しく叩かれるようになったことが重なって怯えています。なるべくてろ助の近くで過ごしながら、食事と水をたっぷり与えて、こちらからは無理に近づこうとせずに見守ってあげてください」

文の顔が少し和らいだ。

「え、ええ。わかりました。でもこのままじゃ……」

文が意を決した顔で美津を見た。

「そうです。このままではいけないんです。次に同じことが起きたら、てろ助が無事でいられるかはわかりません」

美津は文をまっすぐに見た。

「お美津さんの言うこと、わかります。どうぞてろ助への正しい接し方を教えてください」

文が頷いた。

「そう言っていただけて嬉しいです。それでは、少しやり方を考えさせていただけますか？　凌雲先生が往診から戻ったら、てろ助にとっていちばん良い形は何かを相談します」

ようやく向き合おうとしてくれた文の思いに応えるには、こちらもしっかり準備をしなくては。

「わかりました。どうぞよろしくお頼みいたします」

文は悲しそうな顔をして頷いた。

文がいなくなるのを見計らったように、仙が大きなため息をついた。

「てろ助がお利口な犬になれる、なんてことがあるんだろうかねえ」

仙は、空を見上げてぼんやりと呟いた。

七

浅草寺の参道には、参拝客を見込んだ色とりどりの仲見世《なかみせ》が並んでいる。楽し気にそぞろ歩きをする人たちの足取りに合わせて、美津と凌雲もゆっくり進む。

「確か、風車を売る出店の角を入ったところだと聞いたな」

凌雲が足を止めたところで、風車に惹《ひ》かれて一目散に走ってきた五つくらいの少年が、凌雲の身体にぶつかって尻餅をついた。

「おっと、坊主、平気か？　急に止まって悪かったな」

凌雲が抱き起こして、尻に付いた泥を払ってやる。

「怪我はしていないか？」

犬猫にするように手足を触って確かめると、少年はきょとんとした顔をした。

「手も足も何ともないよ。痛かったのは尻っぺただけさ」

少年が己の尻を指さした。

「おとっつぁん、可愛い坊やに風車はどうだい？」

「おとっつぁん、だって？」

出店の男に声を掛けられて、凌雲が面喰らった顔をした。

「まあまあ、すみません。この子、私がちょっと目を離した隙に……」

人込みを掻き分けて飛んできた女に少年が、「わあ、おっかさん！　風車、買っておくれよう！」と嬉しそうな声を上げた。

母子の姿に、凌雲が目を細める。

「おとっつぁん、なんて間違えられてしまいましたね」

美津はくすっと笑みを漏らした。

二十も半ばを過ぎた凌雲の齢からすると、あのくらいの子がいてもおかしくはないが。それよりもきっと獣の扱いに慣れた様子が、〝おとっつぁん〟の落ち着きに見えたのだろう。

「子供とは良いものだな」

凌雲が少年と母親に優しい目を向ける。

美津は、えっと驚いた。凌雲からそんな言葉が出てくるなんて。

「子供は犬猫と違って、どこが痛いかどう苦しいか、言葉にすることができる」

なんだ、そういう話か。

美津はやれやれと息を吐いた。

参道を一つ脇に入った道を進むと、ふいに魚の匂いが強く漂ってきた。湯気の暖かい気配も感じる。たくさんの魚を煮ているのだろう。

匂いを辿るように首を巡らせると、生垣の間から茶色い毛並みの犬の顔がひょこんと覗いていた。

咄嗟に吠え立てる番犬とは違う。

見知らぬ凌雲と美津の姿に賢そうな目をきらきらと輝かせて、「この人たちは誰でしょう？」とでもいうように首を傾げている。

「いけない！　戻れ！」

鋭い声が聞こえると、犬の首がひょいと奥に消えた。

「誰かいるのか？」

生垣の向こうから男の声が聞こえた。低く険しい老人の声だ。

「はじめまして。私たちは《毛玉堂》から参りました」

美津は咄嗟に声を上げた。凌雲に目配せをする。

せっかく一緒にいるのだから私に任せておいてくださいな、と頷く。不愛想な凌雲ではどうなるかわからない。

「《毛玉堂》だって？　谷中のけもの医者だな」

生垣の上からにゅっと首が覗いた。白髪頭に白髭《しらひげ》を蓄えた高齢の男だ。

「入ってくれ。私は伝右衛門《でんえもん》。この犬屋の主人だ」

伝右衛門は鋭い目で門を指さした。

門には〝賢犬堂〟と力強い筆運びで描かれた看板があった。

「《けんけん堂》、こう書くんですね……」

美津と凌雲は顔を見合わせた。

八

伝右衛門の家の広い庭では、十四ほどのさまざまな毛並みの犬が走り回っていた。どれも生まれて半年に満たない、仔犬と成犬のちょうど半ばのような身体つきの犬ばかりだ。

力が有り余っていて遊びが好きな年頃らしく、尾を千切れるように振って転がり回っている。

縁側に面した部屋は、これほどたくさんの犬たちを飼っている家とは思えないほど整っていて、抜け毛がふわふわと舞っていることさえない。

よほど折り目正しく掃除を心がけているに違いない。

炊事場からは魚の匂い。海で取れた魚を水で煮て、犬の身体にはよくない塩気を抜いているのだろう。馴染み深い匂いに心がほっと温かくなる。

「それで、私に何の用だ？」

伝右衛門が身構えるように両腕を組む。背の高い男だ。それに齢を少しも感じさせないほど姿勢が良い。

「えっと、私たちは……」

「私は医者のあんたに聞いたんだが。お嬢さんには、ここではお静かにお願いしたい。犬たちは女の甲高い声が苦手なものでな」

伝右衛門が凌雲だけに目を向けた。

美津は、何よ、と言いたくなる気持ちを押さえて、「すみません」と小声で言った。

「特にこれといった用はない。ただ、ここのところ《毛玉堂》に来る患者に、ここから譲り受けたという犬が増えていた。《賢犬堂》とはどんなところか、一度見てみたいと思ったんだ」

凌雲が事実だけを淡々と言った。

「そうか、なら好きに見て行ってくれ」

伝右衛門はあっさりそう言うと、話はおしまいとばかりに立ち上がった。

「犬たちを近くで見てみるか？」

「構わないなら、そうさせてもらえると有難い」

「もちろん、構わない」

伝右衛門が掌を一度大きく鳴らした。

それまではしゃぎ回っていた犬たちが、ぴたりと動きを止める。まるでからくり人形のようにちょこまかと列に連なって縁側へやってきた。

「好きに触ってくれ。《賢犬堂》の犬は、何があっても人に危害を加えない」

伝右衛門の自信に満ちた言い回しには重みがある。てろ助の飼い主の「てろ助は人を噛んだりしません」という思い込みとはまったく違う。

凌雲が頷いて、犬たちの毛並みを撫でた。

犬たちは優雅に尾を振って、親し気な顔つきでされるがままになっている。

まだ身体が育ち切っていないせいか、美津の目では犬たちの骨盤がどうなっているのかはわからない。

「……良い犬だな」

しばらくそうしてから、凌雲が呟いた。

「ああ、良い犬だ」

伝右衛門は当然だ、というように応じる。

「実はひとつ、あんたの知恵を借りたいことがある。私たちは今、これまで好き放題に甘やかされて育った犬の躾をしなくてはいけないんだ」

凌雲が言おうとしているのは、てろ助の話だ。

凌雲が、私たち、と言ってくれたことに、伝右衛門に邪魔者扱いされてむっとしていた心が解《ほぐ》れる。

「躾のことで医者に相談だって？」

伝右衛門が眉間に皺を寄せた。

「そうだ。どれほど切迫した状態か、察してくれるな？　あんたならばどうする？」

凌雲の言葉に、伝右衛門が両腕を前で組んだ。

「好き放題に甘やかされて育った犬。つまり、そんな扱いをしてしまう飼い主だ、ということだな」

「ああ、そうだ」

二人の男は、何か通じ合う顔で頷いた。

「ならば簡単だ」

伝右衛門が迷いのない声で言い切った。

九

てろ助の飼い主の文が暮らすのは、小さな庭のある古びた家だった。

女のひとり暮らしにしては広い家だ。きっと文はそこそこ裕福だった親を亡くしたひとり娘なのだろう。

「まあ、凌雲先生、それにお美津さん。わざわざいらしていただけるなんて思いませんでした」

出迎えた文は、ほんの数日で目の下に深い隈《くま》ができている。顔つきも暗い。手の甲にさらに新しい赤い点々の傷があると気付いてはっとした。

「てろ助の様子はどうだ？」

凌雲の質問に、文は悲し気に首を横に振った。

「お美津さんに教えていただいたように、夜通しつかず離れずに見守り、餌をたくさんあげるようにしたら、少しは落ち着きました。ですが、私が急に動くと、驚いて力いっぱい嚙むんです。それに、散歩に連れ出そうとしても怯えて暴れます。身体を動かしたいには違いありませんから、庭は酷い有様です。ご覧くださいな」

文に案内されて庭へ行くと、庭じゅうが掘り起こされて土塗《つちまみ》れ、庭木も倒されて滅茶苦茶になっていた。

てろ助の姿がない、と探すと、倒れた庭木の陰に隠れて、以前の剽軽者が嘘のように警戒した様子で身を縮めていた。

「私はてろ助のことを、我が子だと思っています。大事な我が子がこんな姿になってしまったなんて。心配すぎて涙が止まりません！」

文が両手で顔を覆った。

「……ずいぶんと頼りないおっかさんだな」

凌雲がぽつりと呟いた。

「えっ？」

文が不思議そうに顔を上げた。

「てろ助がこんなふうになったのはあんたのせいだ。あんたが甘やかしたせいだ」

厳しい言葉に、文が身を強張らせた。

「それは反省しています。ですからきちんと叱るように……」

「あんたのおとっつぁんとおっかさんは、幼い頃のあんたをどう叱った？　棒切れでごちんと叩いてきたか？」

凌雲が整った家の中を見回した。

「おとっつぁんとおっかさんは、厳しいけれど優しい人でした。叩くなんてそんな……」

文は、眉間に深い皺を寄せた。

「犬だって同じだ。我が子のように大事に思うならば、好き放題させてはいけない。これはやってはいけないことだ、と毅然《きぜん》と叱らなくてはいけない。だが、それは叩いて怖がらせることであってはいけないんだ」

凌雲が庭木の陰で怯えた様子のてろ助を覗き込んだ。

「それじゃあ、てろ助の躾というのはどうすればいいんですか？」

文が悲痛な声で訊くと、凌雲は深く頷いた。

「犬は本来、群れを作って暮らす獣なんだ。てろ助は野犬の仔だったというから、その群れで暮らす気質を濃く受け継いでいるだろう。誰かに褒められたい、役に立ちたい、という気質があるはずなんだ」

「褒められたい、役に立ちたい……」

文がぼんやりとした顔で繰り返した。

「てろ助は群れで暮らしたときのように、他者との関わりの中で、己の行動が役に立ったと感じたいんだ。そうやって信頼関係を重ね、間違った行動を叱って封じるのではなく、褒められる正しい行動を教えてやることを目指すんだ」

「確かにてろ助は、私と一緒にお座りができたときに本当に嬉しそうな顔をしていました。お文さんが『駄目よ、止まりなさい』と命じて、てろ助がその通りにできたら褒めてあげる訓練をすれば、きっとてろ助はもっと褒められようと頑張るに違いありません」

美津は頷いた。

ふいに、文の目に薄っすらと涙が浮かんだ。

「てろ助はほんとうは、命じられたことをきちんとやってみせて、私に褒められたかったんですね」

「名を呼んだときにこちらを向く、というような簡単なことからだな。それができたら心ゆくまで褒めてやるといい」

凌雲が「てろ助」と呼ぶと、根っこが剝き出しになった庭木の陰ががさがさと揺れた。

尾を垂らして耳を伏せたてろ助が、哀し気な顔でこちらに目を向けた。

「この程度でじゅうぶんだ。てろ助は、良い犬だ」

凌雲がにっこり笑うと、文が頷いた。

「ええ、そうです。てろ助は、ほんとうにほんとうに良い犬なんです。てろ助、それで良いのよ。良い子ね」

てろ助が文の様子を怪訝そうに窺いながらも、微かに尾を振った。

「まずはてろ助を褒めてやってくれ。てろ助ができることを命じて、それができたら心から喜んでやってくれ」

「……はい、わかりました。私はてろ助のおっかさんですもの」

文は大きく頷いて、溜まっていた涙を素早く拭った。

十

《毛玉堂》の縁側で仙が胡瓜をぽりぽりと齧っている。

「やっぱり、夏は胡瓜がいいねえ。身体の熱がすっと引くよ。さあ、さあ、お美津ちゃんも凌雲先生も、どうぞどうぞ。まだまだ、たーくさんありますからね」

「お仙ちゃん、こんなにたくさんの胡瓜、どうしたの？　また誰かお仙ちゃんのことを好きな人が持ってきてくれたの？」

木の盆に山盛りの胡瓜が、夏の日差しを浴びて艶々輝いている。

「嫌だよ。河童《かっぱ》の国の殿様なんて、勘弁しておくれ」

仙は顔を顰めてみせてから、

「私が作ったのさ。こんな暑い日には客に味を付けた胡瓜を出して店先でぽりぽりやってもらうってなかなか粋だろう？　《鍵屋》でも厄介になりっぱなしってわけにはいかないからねえ。かといって、私が表に出過ぎて客の目を奪っちまうと、若い娘たちの立場がないだろう？」

「へえ、お仙ちゃんが作ったの！」

こりっと齧ってみて、目を瞠った。

「美味しい！　これ、ほんとうに胡瓜の塩揉み？　どうやって作ってるの？」

「……美味いな」

凌雲も目を丸くしている。

採れたての硬い胡瓜に少し強めの塩味が効いている……と思ったら、塩が染みているのは緑色の皮の部分だけだ。中の種のあたりは余計な味が付いていないおかげで、胡瓜本来の瑞々《みずみず》しい味が爽やかで、いくらでも食べられてしまいそうだ。

「内緒だよ、って言いたいところだけれど、お美津ちゃんと私の仲だからね。凌雲先生以外の誰にも作ってあげちゃいけないよ?」

「え、ええ、わかったわ」

美津は身を乗り出した。

「塩揉みじゃないんだ。漬物漬けだよ。ほんのちょびっとの漬物を細かくしたものを塗して、しばらく置いておくのさ。それだけだよ」

「漬物……漬け?」

美津はきょとんとして訊き返した。

「上等な漬物ってのは、昆布やするめや煮干しや、いろんなものを使って作っているだろう? 美味しいに決まっているさ。けど、漬物をそのままおやつ代わりにぽりぽり齧ったら喉が渇いて仕方ないよ。そこで胡瓜の登場だ」

「漬物を塩代わりにして、浅漬けを作ったってことね。簡単なことだけど、思いつかなかったわ。さすがお仙ちゃんね」

へえ、と美津は胡瓜をもう一口齧った。塩気と水気、それに言われてみると味わい深い出汁《だし》の香りも感じる。

「ほんとうは、私が考えたわけじゃないよ。人真似さ。けど、さすが、なんて言われると嬉しいもんだねえ」

仙が嬉しそうに目を細めた。

「私、物心ついたときからもう、お仙はお江戸一の別嬪だ、なんてちやほやされてきただろう？　ただ生きているだけで褒められ続けてきたから、なんだか張り合いがなくてねえ。こうしてわざわざ手間暇かけて喜んでもらおうとしたことで、お美津ちゃんと凌雲先生が喜んでくれたなら、力が漲るよ」

「まあ、羨ましいお話ね」

美津は凌雲と顔を見合わせてくすっと笑った。

「でもお仙ちゃんは、ただ生まれ持った顔立ちのせいだけで褒められていたわけじゃないのよ。とっても情が深いし、明るいし、気配りもしてくれるし……」

「お美津ちゃん、ありがとうよ。もっともっと言っておくれ」

二人ではしゃぎ合っていると、庭の木陰で昼寝をしていた白太郎がふいに顔を上げた。

「凌雲先生、いらっしゃいますか？」

「まあ、てろ助！」

美津は思わず声を上げた。

文に連れられたてろ助が、文の一歩後ろを歩いて尾を振っていた。

「こんにちは。このたびは、凌雲先生にお礼に参りました」

文は神妙な顔をして深々と頭を下げた。

「お文、よくやったな」

凌雲が庭に下りると、てろ助がその場で数回跳ねた。

「駄目よ、てろ助」

低い声で文が言い、少し強めに綱を引く。てろ助は、どうして一目散に飛びついてはいけないいんだと不満げな顔をしながらも、どうにかこうにかその場に留まった。

「てろ助の嚙み癖が収まって、散歩にも行けるようになったんです。簡単なことを命じて、それができたら褒めるようにしただけで、みるみるうちに様子が落ち着いてきました」

「躾とは、相手を己の思い通りに動かすことではない。人様に迷惑をかけないため、己が健やかに生きるために、やってはいけないことを教えてやるのが、躾だ。てろ助は躾のできた良い犬だ」

凌雲が微笑んだ。

てろ助の頭をそっと撫でる。

てろ助が目を輝かせ舌を出したそのとき、文が「だめよ」と首を横に振った。

「いや、構わないぞ。たまには好き勝手させてやれ」

「ほんとうですか？　てろ助、よしっ！　よかったわね！」

「うわあっ！」

どすんと音がした。てろ助が力いっぱい凌雲に飛びついた。

「や、やめろ、やめろ、やっぱり駄目だ」

てろ助に顔中を嘗め回された凌雲は、息も絶え絶えの様子で逃げ回る。

「あら、凌雲先生。一度よしと言ったことをやっぱり駄目だ、なんて、そんな難しいことは、お馬鹿なてろ助にはわかりませんわ」

文の言葉に、皆の笑い声が響き渡った。


「《賢犬堂》の伝右衛門、犬の躾には通じているようだな」

たくさん遊んでもらってすっかり満足げなてろ助を見送りながら、凌雲が呟いた。

「そうですね。『躾の際は、叱る前に褒め尽くせ』。犬のことを大事に思っていなくては出てこない言葉です」

美津は大きく頷いた。

美津にとっては少々意地の悪い老人ではあったが。己が躾けた犬たちを大切に育てている気持ちに嘘はないだろう。

「《毛玉堂》ってこちらですか？」

背後から声を掛けられて、慌てて振り返った。

「えっ……」

そこには不安そうな顔をした中年の女が、黒い犬を連れていた。

黒犬は飼い主の傍らにぴたりと貼り付いて、いかにも賢そうな目を輝かせてこちらを窺う。美津と目が合うと、なんとぺこりと頭を下げた。

「うちの炭太郎《たんたろう》の脚が変なんです」

黒犬の腰回りは、美津でもわかるほど小さく歩きづらそうに見えた。

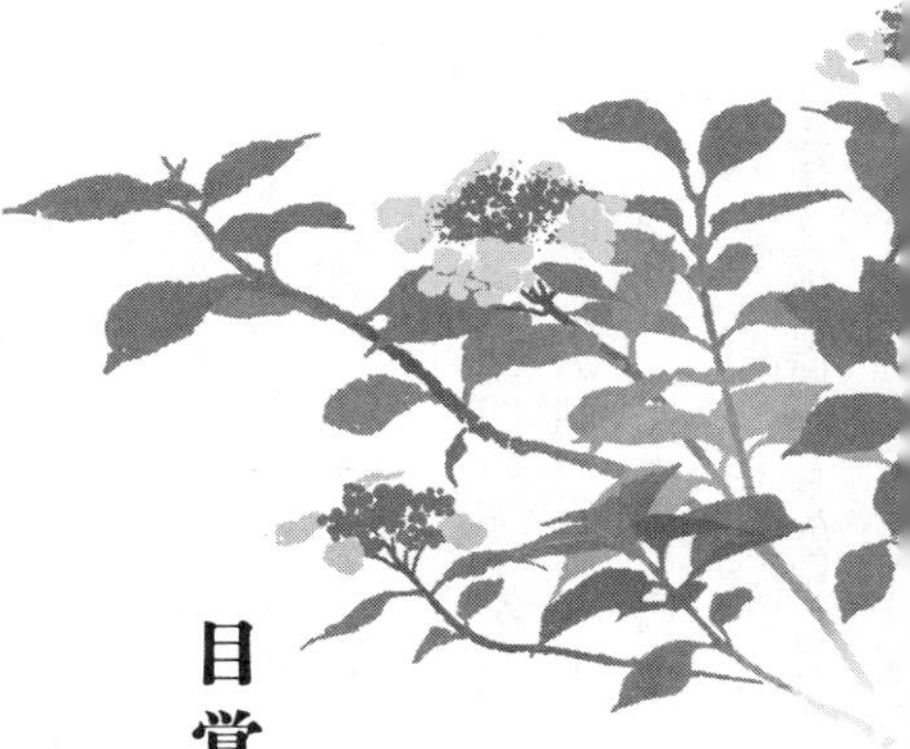

目覚まし猫

一

「なんだ、お前か。今日は医者は一緒ではないのか」

《賢犬堂》の伝右衛門は、美津がひとりでやってきたと知ると眉を顰めた。

「ええ、凌雲先生は患者さんを診なくてはいけませんので。今日は私だけで、この間のお礼に伺いました。その節はほんとうにありがとうございました」

美津は普段よりもうんと胸を張って、普段よりももっと大きな笑顔を作ってみせた。

先日の伝右衛門の調子から、どんな意地悪を言われても耐えようと決めていた。

「てろ助とその飼い主は、平穏に暮らせるようになったか」

伝右衛門はふんと鼻を鳴らす。顔を見たこともないてろ助の名を、しっかりと覚えていた。

「ええ、伝右衛門さんのご忠言のおかげです」

美津は小脇に抱えていた菓子包みを差し出して、深々と頭を下げた。

「ならばよかった。用は済んだか？」

踵を返して庭に戻ろうとする伝右衛門を、美津は慌てて呼び止めた。

「ちょ、ちょっとお待ちくださいな。今日は、伝右衛門さんにまたお願いがあって来たんです」

「お前のような下っ端の娘っ子が、何を頼もうというんだ？　私はそれほど暇ではないぞ。勝手なことをして医者に叱られる前に、早く帰れ」

伝右衛門は値踏みするような目で美津をじろじろと眺めた。

下っ端の娘っ子、ですって？　まあ失礼ね。美津は胸の内で、十五の娘のような膨れっ面をしてみせた。

「娘っ子、なんかじゃありませんよ。私はあの凌雲先生の妻です。夫と話し合って、私が夫の代わりにやってきたんです」

「妻だって？　げじげじ眉をした赤ん坊みたいなお前がか？」

伝右衛門はぎょっとしたように美津の顔を見た。

「はい、そうです。げじげじ眉の赤ん坊みたいな私が、凌雲先生の妻です。今日は、伝右衛門さんがどうやって犬たちを躾けているか学ばせていただけないでしょうか、という御願いです。これは、私のような赤ん坊が勝手に閃《ひらめ》いたことではございません。凌雲先生と話し合って決めたことです。そうご説明すれば、女と話すのがお嫌いな伝右衛門さんでもご検討いただけますでしょうか？」

さすがにむっとする顔を隠さずに美津は応じた。

「躾の様子だって？」

伝右衛門は怪訝そうに繰り返した。

「ええ、他人には決して見られたくないということでしたら、こちらも無理にというわけには参りませんが」

「いや、構わないぞ。見られて困ることなぞひとつもない」

むきになった美津の様子に、伝右衛門は可笑しそうに頷いた。

「ちょうど今から始めるところだ。縁側で見ているといい」

伝右衛門はしっかりした足取りで庭へ出た。美津も後へと続く。

どんな犬でもお利口な犬にしてしまう犬屋とは、いったいどんな躾をしているのだろう、と胸が高鳴る。

だが、伝右衛門が牛馬用の鞭《むち》を手にしたところで、美津は、えっと息を呑んだ。

「お前たち、並べっ！」

伝右衛門がぴしゃりと鞭の音を立てると、庭でごろごろしていた若い犬たちが一斉に列を作って並んだ。

しかし一匹のひと際身体が小さな犬は、落ち着きなく仲間の背後をうろうろしている。幼な過ぎて、まだ命令がわからないのだろう。

「駄目だっ！」

鞭が鋭い音で鳴った。

「えっ、そんな！」

美津の悲鳴と、仔犬の「きゃん！」という叫び声が重なった。

仔犬は叩かれてはいない。だがひどく怯えた様子で身を縮める。伝右衛門はその首根っこを掴んで尻をその場に押し付けるようにして列に並ばせると、再び鞭を振り上げて大きな音を立てた。仔犬は恐怖で固まっている。

ひどい――。

犬たちの毛並みの良さ、賢さからは、伝右衛門が犬を心から愛する者だとわかる頼もしさがあった。それがまさかこんなふうに犬を怖がらせて支配しているなんて思いもしなかった。

どうして――。

美津は両手をぎゅっと握りしめた。

痛みと恐怖で身が竦んでいる仔犬を見ると、どうしようもなく胸が痛んだ。

すぐに助けてあげたい。だが、こちらから躾の方法を学ばせてくれと頼んでおいて、「そんなかわいそうなことはやめてください」なんて生意気な口出しができるはずはない。

「飛べっ！」

伝右衛門が鋭く叫んで鞭を鳴らすと、並んだ犬たちは兎のように跳ね上がる。犬にとって飛び跳ねるのは楽しくてたまらない遊びのはずだ。なのによく見ると犬たちの顔は緊張で強張っていた。

さきほどまで落ち着きのなかった仔犬の順番になった。だが、仔犬は動かない。

「飛べっ！　飛ぶんだっ！」

伝右衛門の厳しい声に、美津は思わず顔を背けた。鞭の音。仔犬の悲鳴。

「わ、私、失礼いたします」

こんな残酷な光景は耐えられない。

美津が思わず立ち上がると、伝右衛門は冷めた目でこちらを見た。

「そうか。ならば仕方ない。門のところまで見送ろう」

「い、いえ。結構です」

泣き出しそうな気分で断ったが、伝右衛門は今しがた叩いた仔犬をひょいと抱いてこちらへやってきた。

近くで見ると、仔犬は顔の大きさのわりにずいぶんと小さい身体をしていた。骨盤に目を走らせる。やはり小さい。そして手足が危なっかしいくらい細い。仔犬はまるで美津に救いを求めるように、激しく尾を振った。

「この仔、いくつになりますか？」

仔犬の頭を撫でながら、美津はどうにかこうにか強張った笑顔を浮かべて訊いた。

「三月になるな」

「あそこに並んでいる誰かが、お母さん犬ですか？」

美津が振り返ると、庭に並んだ犬たちが一斉に首を傾げてこちらを見た。

「いや、ここには母犬はいない。生まれて十日もしないうちに引き受けてきた」

「えっ……」

まだまだひとり立ちにはほど遠い乳飲み仔を、母犬と引き離してしまったということか。

「何だ？　何か言いたいこと、聞きたいことがあるなら、はっきり言ってくれ。先ほどの威勢はどうした？」

伝右衛門に顔を覗き込まれ、美津は悲痛な顔で黙り込んだ。

二

ぼんやりしながら歩く帰り道、「おうい、お美津ちゃん」と声を掛けられてはっと顔を上げた。

いつものように《毛玉堂》の生垣の前で美津のことを待っていたのだろう。仙が待ち構えたようにこちらへ向かって走ってきた。

「ねえ、困ったことになったよ。どうしよう」

仙の眉は不安げに下がって、胸の前で握った拳は血が通わず真っ白だ。

己のことで頭がいっぱいで、美津の落ち込んだ心持ちには少しも気付いていない様子だ。美津は慌てて気持ちを立て直す。

「困ったことってどうしたの？　何でも話してちょうだいな」

「お美津ちゃん、ありがとうよ。あんたはいつも頼もしいねえ」

仙は周囲を見回して人の耳がないのを確かめてから、声を潜めた。

「実は馬場の家の大奥さまが倒れたんだ。ついさっき、《鍵屋》に知らせが来たんだよ」

「大奥さまですって？　それは、お仙ちゃんに厳しく接するっていう養母さんとは違う方よね？」

「大奥さまは、あそこの当主のおっかさんさ。御年九十になるご隠居さんだよ」

おっかさんやら、ご隠居さんやら、まるで町人の話のような言い草だが、馬場善五兵衛家で最も年長で最も敬われている人物が倒れた、ということなら一大事だ。

「それはたいへん、お仙ちゃん、すぐに馬場のお家に戻らなくちゃいけないわね。えっ？　お仙ちゃん？　まさか……」

口元を尖らせている仙の顔を覗き込む。

「お仙ちゃん、ここは強情を張っている場合じゃないわ。帰らなくちゃいけません」

厳しい顔で首を横に振った。

「わかっているさ。大奥さまは、お漬物のおばあちゃんだからね。あの嫌ぁな家の中で、ただひとり話のわかるお方だよ」

「お漬物のおばあちゃんってどういうこと？」

まるで血の繋がった孫娘のような可愛らしい呼び方だ。

「お美津ちゃんと凌雲先生にあげた、胡瓜の浅漬けがあっただろう？　あれの作り方を教えてくれたのは大奥さまさ。私がいつもあの家でいじめられているのを見かねてさ。よくお喋り相手に部屋に呼んで、『ここでは好きにくつろいでおいで』なんてのんびりさせてくれたんだ」

「なんだ、お仙ちゃんには、そんな優しい味方がいたのね。それじゃあ、なおさらすぐに戻って。早く、早く！」

「うるさいなあ、戻らなくちゃいけないのは、頭じゃとっくにわかっているんだよ！」

仙がぷいと顔を背けた。眉間に皺を寄せて空を見つめる。

「……お仙ちゃん？」

「おうい、《毛玉堂》ってのはここかい？」

ふいに男の声が聞こえた。

慌てて振り返ると、齢の頃五十くらいのでっぷり太った男が籠を片手に、もう片方の手でぼりぼりと腹を掻いていた。

「はいはい、猫の患者さんですね？」

籠に目を向けて美津が応じると、男は「なんだい、俺の服、一目で猫飼いだってわかっちまうくらい毛まみれかい？」と決まり悪そうに着物を叩いた。

「いいえ、そんなことはありませんよ。その大きさの籠ってことは、猫の患者さんかなと思っただけです」

慌てて言い繕《つくろ》ったが、男の着物からは白っぽい毛がわっと無数に立ち上った。袖のあたりの茶色い丸い染みは、猫が吐き戻した痕が洗っても落ちないのだろう。お世辞にもこざっぱりしているとはいえない姿だ。

「すぐに湊雲先生をお呼びしますね。こちらへどうぞ」

振り返ると、仙の姿はもうどこにもなかった。

普段の猫好きの仙ならば、さりげなく助手のふりをして、神妙な顔で《毛玉堂》に居座っていてもおかしくはないが。

「今日はどうした？」

家の奥から出てきた湊雲が男に聞く。

「俺は本船町《ほんふなちょう》の魚河岸《うおがし》で荷運びをしている権助《ごんすけ》です。今日は、猫の玉三郎《たまさぶろう》のことで相談に来たんですよ」

権助は大きな身体を申し訳なさそうに縮めて、ぺこりと頭を下げた。

「玉三郎は十三になる雄猫です。死んだ女房が幼馴染の家で生まれたってんで貰ってきた猫でして。ずいぶん女房に懐いて、夜はいつも一緒に寝ていましたっけね」

「十三か。長生きだな」

凌雲が玉三郎に優しい目を向けた。

「この玉三郎がここんところ、夜中に騒いで仕方がねえんです。ほとんど毎晩のように、俺の耳元でぎゃあぎゃあ鳴いて、頬を思いっきり引っ叩《ぱた》いて起こしてくるんです」

権助が己の頬を掌で乱暴に擦った。

「騒ぐのはどのくらいの刻なのか、決まっているのか？」

「俺が酒をかっ喰らって寝込んでからのことだから、だいたい明け方より少し前からですかね。一度起こされて、なんだなんだうるせえなあって追いやっても、二度、三度と、何回でも大騒ぎしやがるんですよ。こっちはろくに眠れなくて、気がおかしくなりそうです」

「玉三郎を診せてくれ」

凌雲は縁側の障子を閉め切って、玉三郎を籠から出した。

玉三郎は、橙《だいだい》色のような明るい茶に縞《しま》模様が入った茶虎猫だ。緑色の綺麗な目をして、怯えて固まっている。

凌雲は玉三郎の四脚、腹などにじっくりと触れてから、小さな顔を両手で挟んだ。玉三郎は牙を剥いて蛇のような顔をしてみせたが、襲い掛かるほどに気が高ぶった様子はない。

「毛並みが良いな。家で梳っているのか？」

「いえいえ、うちはむさ苦しい男だけのやもめ暮らしです。梳るだなんてそんな洒落《しゃれ》たこと、一度もやっていませんよ」

権助は玉三郎と己とを指さして苦笑いを浮かべた。

「……そうか」

凌雲は玉三郎の背を撫でたり、口の中を見たりした。

「最初に話を聞いたとき、十三歳という高齢による惚《ぼ》けが始まったのかと思った。犬猫の惚けは、夜中に大きな鳴き声を上げる場合が多い。だがそれとは違うようだな。身体にはどこも悪いところがないし、毛づくろいも少しも怠っていない。まだまだ頭はしっかりしているようだ」

「惚けちまったなんてそんなはずはねえです。玉三郎の昼の様子は、若い頃と少しも変わりません」

「ならば周囲の異変か……」

凌雲が顎に親指を当てた。

「女房が死んだと言ったな。いつ頃のことだ？」

「凌雲先生、そりゃ、玉三郎の夜の大騒ぎとは関係ありませんよ。女房が死んだのは二年も前の話です。ずいぶん懐いていましたからね。しばらくは寝床でうろうろしては、女房のことを探してしょんぼりしていました。けど、半月も経たないうちに、いなくなっちまったもんはしょうがねえやって諦めましたよ。俺とおんなじです」

「それなら壮健な猫が、なぜ決まった刻に……」

凌雲が難しい顔をした。

「今日これから、権助の家に行っても構わないか？　玉三郎の生活の場が見たい」

「へっ？　今日これからですか！」

権助が目を丸くして、素っ頓狂な声を上げた。

「都合が悪いか？」

「い、いや。そんなことはねえですが。先ほども言いましたように、むさ苦しい男のやもめ暮らしなもんで……」

権助が参ったなあ、というように頭を掻いた。

三

権助の部屋は大川が海に流れ込む河口に臨む長屋の一つだった。潮の匂いが強く漂う。長屋の素鼠《すねずみ》色の壁も、潮風のせいでところどころ赤黒く変わっていた。

「ええっと、少しだけ片づけをさせてもらえねえですか？」

戸を開ける前に、権助が決まり悪そうに言った。

「見られて困るものがあるなら、そうしてくれ。だが、できる限り普段の玉三郎の生活をそのまま知りたい」

凌雲が大川の流れに目を向けた。

「見られて困るもの……。難しいことを言われちゃあ、このままお迎えするしかねえなあ。お内儀さん、覚悟しておいておくれよ」

戸を開けると、いきなり土間に脱ぎ捨てた褌《ふんどし》が落ちていた。

権助が申し訳なさそうに美津にぺこりと頭を下げる。

むっとする汗臭さと、喉が痛くなるような煙草の残り香が漂う。

煮売り屋で握り飯でも買い求めたのだろう。色が黄色く変わった葉蘭《はらん》の葉が部屋のそこかしこに散らばっている。その他、ちり紙やら読売やら何やら、色とりどりの塵《ちり》だらけだ。着物は衣桁《いこう》になんて掛けずに、すべて汚れたまま積み上げられている。部屋の真ん中に、ちょうど人がひとり横になれるくらいの広さだけ床が見えている。その周囲には空の瓢簞《ひょうたん》がいくつも転がっていた。

「へへへ、散らかっていて済まないねえ。どうぞ、土足で上がっておくんな」

権助が頭を掻いた。

「そうさせてもらおう」

凌雲は涼しい顔で、草履のまま框を上がってしまった。

だがさすがに土足で人様の家に上がるわけにはいかない。美津は目を白黒させながら、どうにかこうにか草履を脱いだ。

一歩踏みしめれば、足の裏がじゃりっと鳴る。何年も掃除をしていないのだろう。

「それにしても汚い部屋だな」

「凌雲さん、失礼ですよ！」

慌てて凌雲の袖を引いた。

「いえいえ、お内儀さん、いいんですよ。ほんとうのことですからね。玉三郎のおかげで鼠だけは湧かないってのに助かっていますよ」

権助はどこか腹を括《くく》ったように陽気に言った。籠から玉三郎を出す。

玉三郎はそろりそろりと着物の山を歩き回ってから、塵の山の奥に素早く消えた。

「凌雲先生、お内儀さんを大事になさいよ。男ってのは女房がいなくなっちまうと、途端に萎れちまうもんですからね」

よほど決まりが悪いのか、権助は陽気を取り繕ってよく喋る。

「権助の女房は、ずいぶんと世話焼きだったんだろうな」

凌雲が家の中をあちこち見回しながら言った。

「ええっ！　凌雲先生、よくおわかりで！」

権助がほんの刹那、目を潤《うる》ませた。

「あいつは家のことが得意な女でしてね。俺たちにもしも子供がいたら、よほどいいおっかさんになったに違いありませんよ。生きていた頃は、まるで俺と玉三郎とが兄弟坊主みたく、あいつに甘えっぱなしでしたよ」

権助の眼の先を辿ると、潮ですっかり錆《さ》びついた簪《かんざし》が窓際にひとつ置いてあった。

「女房は何の前触れもなくいきなり倒れて、そのままころりと逝《い》っちまったんです。こんなに早くいなくなっちまうなら、あいつが得意だった煮物の出汁の取り方を聞いておきゃよかったなあ。炊事場で出汁を取った鰹節《かつおぶし》の滓《かす》を玉三郎にやると、喜んでねえ。玉三郎は『にゃご、にゃご、うまい、うまい』なんて声を出しながら喰らいついてましたっけ」

その炊事場は、今では塵に埋もれてどこにあるかもわからない。

「玉三郎にとってあまり良い暮らしではないな。獣を飼う部屋が不潔だと、さまざまな病を呼ぶ。玉三郎だけではなく、権助、お前の病に繋がることもあるぞ」

凌雲は歯に衣着せずにはっきり言う。

「わかっちゃいるんですけれどねえ」

だが権助は、どこまで真剣に話を聞いているのかよくわからない。ただ情けない顔をして困ったように笑っている。

「なんだかもう、手前の身体なんてどうでもよくなっちまったんですよ。これから先、生きていても楽しいことなんて何もねえなあ、って……」

「何を言っているんだ。お前が倒れたら、玉三郎はどうやって生きていく？」

凌雲が眉を顰めた。

「ああ、確かにそうですねえ。俺がおっ死《ち》んだら、玉三郎がひとりぼっちになっちまいますね」

権助は初めてそれに気付いた、というようなぼんやりした顔をする。

よくよく見ると、権助の顔色は妙にどす黒い。酒の飲み過ぎに違いない。身体の太り方も、良いものばかりを飽きるほど喰って艶々した金持ちのそれではない。白目が黄色く濁って肌が荒れ、唇が青い。喉のあたりの皮がぶよぶよと弛《たる》んで、まるで年老いたガマガエルのようだ。

こんな不摂生な暮らしをしていては、そう長くは生きられない。そんな不穏な予感を抱いてしまう。

権助の妻はきっと残した夫と玉三郎のことを案じているに違いない。そう思うと胸が痛んだ。

「権助、お前は釣《つ》りをやるのか？」

凌雲が塵の山の中から見つけた釣り竿《ざお》を持ち上げる。

「へ？　ええ、すぐそこの河口のところで、穴子がよく釣れるんですよ。女房が生きていた頃、玉三郎と一緒に出かけては、釣った魚を土産に持って帰って喜ばれていましたよ」

「穴子か。夜釣りだな」

「へえ、凌雲先生も釣りをなさるんで？　ぼんやりと川の流れを見つめてただただじっと魚がかかるのを待っているってのは、なかなか楽しいもんですよ」

釣りの話をしているときは、権助の顔つきに生気が窺えた。

「釣りは若いころに少しやっただけだ。あまり詳しくないんだ。夜釣りは一度もやったことがない」

「そうでしたか！　夜釣りを知らないなんて、釣りの楽しさの半分を知らないのと同じですよ。よろしければご一緒にどうですか？　道具は、その山をひっくり返せば、きっと出てきますからね。一切合切お貸ししますよ」

権助が早速塵の山を崩そうとして「おっと、こりゃ大仕事だ。後でゆっくりですな」とおどけた声を出した。

「お美津、権助がこう言っているが、出直しても構わないか？　玉三郎の夜の様子も確かめなくてはいけないからな」

凌雲が柔らかく笑って目配せをした。

「え、ええ。もちろんです。お二人でゆっくり夜釣りを楽しんでいらしてくださいな。お土産を楽しみにしています」

凌雲は権助の荒《すさ》んだ暮らしを案じて、どうにかして力づけようとしているのだと気付く。凌雲の心配りに、己の胸も温かくなる。

「お内儀さん、任せてくださいよ。魚屋で買ったらだいぶ値が張るような、立派な穴子を釣りあげてみせますからね」

権助が胸を張ると、塵の山のどこかで、玉三郎がか細い声で「にゃあ」と鳴いた。

四

美津は折れた櫛で、マネキの毛を梳ってやった。

「あら、この指だけ爪が伸びているみたい。これが終わったら切ってあげましょうね」

マネキは案外強い力でぐいっと前脚を引き戻すと、再び心地よさそうに目を細める。

凌雲がまだ小石川養生所の医者になる前に飼い始めた猫だ。きっととっくに十を越えている。

硬いものを食べさせると胃を壊して吐いてしまうし、こうして時々毛並みを整えてやらないと汚れが付いて毛玉ができてしまう。寒い日は厠《かわや》まで間に合わないのか、家の中で粗相《そそう》をしてしまうこともある。

もしも私がこの家からいなくなったら、この家の犬猫たちはどうなるんだろう。縁起でもないと思いながらも、権助の散らかった部屋が胸に浮かぶ。

犬猫と健やかに暮らすということは、実はひどく手間がかかる。水で塩気を抜いた餌を用意して、暖かい寝床を作ってやり、部屋に舞い散る毛を掃除して、糞尿《ふんにょう》を片づける。そのどれも、少しでも手を抜けば、家の中はあっという間に目も当てられないくらい汚れてしまう。

《毛玉堂》の仕事の合間に、凌雲がそれをすべてこなすなんてことができるのだろうか。

仮にできたところで、今のように犬猫たちと庭で遊んだり毛並みを梳ってやったりなんて、のんびりした時を過ごすことは難しいだろう。

犬猫たちはきっと苛立ち、気が短くなり、妙な行動を起こすようになるに違いない。

「私、みんなのためにも、ぜったいに壮健でいなくちゃいけないわね」

美津が力を込めて頷くと、マネキが不思議そうに顔を上げた。

庭の生垣の葉がざっと鳴る。

「あっ、お仙ちゃん。ねえ、ちょっと待って、その格好……」

庭に飛び込んできたのは、曙《あけぼの》色の鮫肌《さめはだ》小袖で艶やかに装った仙だった。色白の肌と艶やかな黒髪に、赤みの強い着物がはっとするほど似合っている。金に輝くびらびら簪。まさに〝美人画〟と称される絵の中から現れたような、浮世離れした美しさだ。

だがしかし――。

「お仙ちゃん、これからいったいどこに行くの？」

「見舞いだよ。大奥さまのところに行くのさ」

仙が鋭い目で睨むようにこちらを見た。

「お見舞い、って……。そんな格好で行って平気なの？」

行方をくらましていた養女がようやく戻ってきたかと思ったら、病人の見舞いにこんな華やかな装いだなんて。

具合の悪い大奥さまには申し訳ないが、〝お見舞い〟は仙が馬場家に戻る良いきっかけになるはずだ。なのにこんな場違いな格好で現れてはすべて台無しだ。

「大奥さまは、私の格好なんてそんなつまんないこと、ちっとも気にしないお方だよ。『《鍵屋》にいた頃の私は、もっとずっと華やかで艶っぽくて……』なんて話したら、『その頃のお仙を見てみたかったねえ』なんて楽しそうに言ってくれた人なんだからさ」

「でも、さすがにお見舞いに紅い着物は……」

「ああ、もう、お美津ちゃんまでそんな面倒くさいことを言うのかい！　私はいつだって、私がいちばん美しく見える格好をしたいだけなんだよっ！」

仙がむきになったように言って、ぷいと顔を背けた。

威勢よく啖呵《たんか》を切っているというのにその眼は落ち着きなく揺れて、どこか臆病心が透けて見える。

「……ねえ、お仙ちゃん、その大奥さまのこと、もう少し聞かせてちょうだいな。頭が固くて意地悪な馬場家の人たちとは違う、とても素敵な方なんでしょう？」

美津は小さく息を吐いてにっこり微笑んでみせた。

ここは仙に寄り添うのが得策だ。わざと調子を合わせたら、仙がやっと強張った顔を緩めてくれた。

「そうさ、大奥さまってのは、どうやら若いころ、ずいぶんな評判の別嬪だったらしい。町人の生まれだったところを見染められて、どうしてもと頼まれて馬場の家に入ったのさ。けど別嬪に生まれると、良いことと同じだけの苦労もあるさ。私とおんなじだね」

「大奥さまは、町人の生まれだった方なのね」

「小料理屋の娘だったらしいよ。だからこまごまとした酒の肴《さかな》みたいな料理が得意でね。でも、お屋敷でご隠居さんがそんなものを作るわけにはいかないだろう？　もう一度あれが食べたいね、なんて言いながら、安くて手がかからない、とびきり美味しい秘伝の献立をいくつも教えてくれたさ。あの胡瓜の漬物漬け、絶品だっただろう？」

仙が得意げに言った。

「ええ、教えてもらった漬物漬け、あれから早速やってみたわ。凌雲さんも大喜びで我が家の定番のおかずになったわ」

「だろう？　みんなそう言うさ。《鍵屋》でもあの献立は大評判だよ」

仙は楽し気に目を細めてから、ゆっくり大きなため息をついた。

「……ねえ、お美津ちゃん、どうやら大奥さまは危ないらしいんだ。倒れてから一度も目を覚まさないんだってさ。あのお年なら無理もないよね。九十まで生きたらどんな亡くなり方でも大往生さ」

そうだったのね、と美津は仙の背をそっと抱いた。

「大奥さまが亡くなっちまったら、あの家にはほんとうに誰も私の味方がいなくなっちまうよ。ほっとできる時がひと時もなくなっちまうんだ。それがわかっていて、今さらどうやって帰ったらいいのかわからないよ」

仙はこれを機に、馬場家に戻ろうとしているのだ。だが、唯一の味方がいなくなってしまうかもしれないこの状況で、覚悟を決めることができずにいる。

「でも、このまま大奥さまに会えなかったら、お仙ちゃんは必ず後悔するわよね？」

美津の言葉に、仙は涙ぐんだ目でこくんと頷いた。

五

「夏といっても、夜の水辺は冷えますからね。それに蚊《か》に喰われてはたいへんです。脚絆《きゃはん》と手甲《てっこう》を忘れずに付けてくださいね。権助さんの分も用意しておきましたので、貸してあげてくださいな」

釣りの道具は権助が貸してくれると言っていたが、あの部屋の中からほんとうに見つけ出せるのだろうか。

少々心配な心持ちながら、美津は手早く凌雲が夜釣りに出かける支度をした。

「それと、いくら勧められても、凌雲さんはお酒を飲んではいけませんよ。権助さんはお酒が好きと仰っていたので、間違いなく飲みたがると思いますが。万が一酔っぱらって真っ暗闇の水に落ちたりしたら、一巻の終わりですからね」

子供にするように、わざと怖い口調で言い聞かせた。

「ああ、わかった」

凌雲はそれだけ答えると、眉間に指先を当てて真剣な表情で何やら考え込んでいる様子だ。

「加齢による混乱でもない、身体の具合が悪いわけでもない。だとしたら周囲の異変に違いないはずなんだが……」

ぶつぶつ呟いているのは玉三郎のことだろう。

しばらくぼんやりしてから、気を取り直すように美津に目を向ける。

「そういえばお美津に、《賢犬堂》の伝右衛門のところに行ってもらったな。まだ話を聞いていなかった」

「そう、そうなんです！」

権助と玉三郎が《毛玉堂》へやってきたことで、すっかり忘れていた。美津は《賢犬堂》で己が目にしてきたことをつぶさに語った。

「仔犬を怯えさせていただって？」

凌雲が耳を疑うような顔をした。

「そうなんです。人に嚙みついたりといった危ないことをしたわけではありません。ただ曲芸師みたいな難しい芸ができなかったというだけです。お母さん犬から離れたばかりの小さな可愛い仔犬をあんなに怖がらせるなんて……。それにあそこでは、生まれて十日ほどでお母さん犬と仔犬を引き離してしまっているようなんです」

凌雲の顔つきが険しくなる。

「十日だって？　いくら何でも早すぎるな」

「あの伝右衛門さんがやっていることは、おかしいんです。仔犬はお母さんの側で育てなくてはいけないし、言うことを聞かせるために痛い思いをさせるなんて間違っています。それなのになぜか、犬たちのことをとても大事にしている人であるようにも見えるんです」

「……良い躾とは、褒めてやる〝正〟を多くすることだ。伝右衛門自身がそう言っていたはずなんだが」

凌雲が難しい顔をして頷いた。

「伝右衛門さんって、いったいどんな人なんでしょう？　《毛玉堂》にやってくる犬たちの節が弱いのも、やはり伝右衛門さんが意図した掛け合わせのせいなのでしょうか？」

美津が眉根を寄せたところで、ふいに外から呼び声が聞こえた。

「凌雲先生！　迎えに来ましたぜ！」

権助の声だ。

表に出ると、二本の釣り竿を抱えた権助がご機嫌な様子で手を振った。と、そのまま数歩後ろにのけぞって、おっとと、なんて言っている。

「権助さん、もしかしてもう酔っぱらってらっしゃいますか？」

思わず美津が訊くと、権助は「おうおう、お天道さまが落ちたら最後、俺が酔っぱらってねえことなんてねえさ」なんて答える。酒の匂いがぷんと漂った。

凌雲と顔を見合わせる。

「私も一緒に行きます！」

こんな覚束ない調子で、でっぷり太った権助が水に落ちたらたいへんだ。凌雲が助けに入って、巻き添えを喰らっては敵《かな》わない。

「へ？　お内儀さんも一緒にかい？　釣りってのは、あんたにはそんな楽しいもんじゃねえと思うけれどなあ」

権助が白けた顔をする。

「男同士の楽しいお遊びのお邪魔はいたしませんよ。私も、夜の玉三郎の様子が知りたいんです」

美津がどうにか言い繕うと、権助が「ああそうか、元はといえば玉三郎の話だったな」と太った腹を掻いた。

「そうしたら、俺たちは部屋の目の前の川で釣りをしているから、お内儀さんは部屋で玉三郎と過ごしていておくんな。夏っていっても、夜の水辺は冷えるし、お内儀さんが蚊に刺されたらよくねえからなあ。女房もよく言っていたさ」

部屋の目の前で釣りをしているというならば、何か起きたらすぐにわかるだろう。

「ありがとうございます。ついでに少し、お部屋のお片付けもさせていただきますね」

あの部屋に巣くう虫に、少々手足を齧られるのは覚悟の上だ。美津は慌てて掃除の道具を掻き集めた。

六

「玉三郎、こんばんは。今夜は表の二人に気を配りながら、一緒に過ごしましょうね」

灯りのない部屋に一歩足を踏み入れると、塵の山の頂で、玉三郎が警戒した顔でこちらを見つめていた。美津は玉三郎の姿が少しも見えていないかのように目を逸らし、口の中でだけ挨拶を呟いた。

これからこの部屋の掃除を始めるのだ。玉三郎にはまず緊張を解いてもらわなくてはいけない。

獣への挨拶は、まずは素知らぬ顔で目を逸らすのが決まりだ。

勝手にその場で過ごしながら、時々さりげなく目を合わせ、またすぐに逸らす。そうやって、この人は安全だと教えながら間を縮めていくのだ。

障子を開け放った窓から月明かりが差し込んで、朧気《おぼろげ》ながら部屋中を照らしていた。雲のない夜でよかった。この部屋で行燈を灯して掃除を始めたら、舞い上がった埃《ほこり》に火が付いて、いつ火事になってもおかしくない。

「よいしょ、と。それじゃあ、始めましょうかね」

ひとまず、明らかに塵としか見えないものを拾い集めていく。大事そうなものは別のところに、と選《よ》り分けようとしたら、ほとんどが塵になってしまった。酒でべたついた空の瓢簞がいくつも並んでいた。

玉三郎は、最初こそ美津が近づくと毛を逆立てていたが、美津が「はいはい、ごめんね、すぐにあっちにいきますよ」なんてあしらっていたら、次第に恐ろしいことは起きないとわかったようだ。

塵の山の頂から窓辺に移って、尾を揺らしながら不思議そうな顔で美津の手元を眺め始めた。

「わっ、これ、何⁉」

汚れた着物をどかしたら漂ってきた異様な臭いに、思わず息を止めた。

酒がひどく零れて水溜りができた上に、黴《かび》の生えた煮物の具が散らばっている。煮売り屋で買い求めた総菜を肴に酒を飲んでいたところで、酔いが回って寝込んでしまい、次の朝に慌てて仕事に飛び出したままなのだろう。

身の毛がよだつような心持ちで、どうにかこうにか片づけた。

これは大仕事だわ。ついでに掃除をしますなんて、安請け合いをしなけりゃよかった。

げんなりして顔を上げると、玉三郎と目が合った。部屋が片付いていく様子を前に、特に嬉しそうにしているわけではない。むしろ、いったい何を真剣に奮闘しているんだろう、と困惑しているようだ。

ふいに、ちくりと胸が痛んだ。

いくら散らかった部屋であろうとも、顔を顰めてしまうような汚いものが置いてあっても、玉三郎は目の前に広がる光景をただ受け入れることしかできない。

「あなたのご主人、きっとお内儀さんが亡くなったのが寂しくて、すごくたくさんお酒を飲んでいるのね。こんな身体に悪そうな暮らしをしていて、なんだか心配だわ」

美津は玉三郎の背に手を伸ばした。すんなりと撫でることができた。

この散らかった部屋の中で、夜ごとに酒に溺れる権助の姿が目に浮かぶ。でっぷり太ってひどく顔色が悪い、不穏な姿だ。

玉三郎が美津の手の甲に額を擦り付けてきた。ひたむきに身を擦り付ける姿に、まるで誰かと間違えているように思える。

「そう、玉三郎だって、寂しいわよね」

美津は眉を八の字に下げて、玉三郎の背に頬を寄せた。

「お美津」

突然窓辺から聞こえた凌雲の声に、玉三郎が驚いたように飛び退いた。

窓から外へひらりと飛び降りる。この窓は普段から開け放しているらしいので、玉三郎にとっては庭へ出るようなものだろう。

「あら？　権助さんはどうされました？」

「塵の山から掻巻《かいまき》が見つかりそうか？　権助がぐっすり寝込んでしまったんだ。あの大きな身体を抱き上げて連れてくることはできないが、あのまま外に放っておいたら風邪をひいてしまう」

「そうでしたか。ずいぶん酔っ払っていらしたから。掻巻でしたら、確か、さっきここに……」

美津は塵の山から、水が腐ったような匂いのする襤褸布を見つけ出した。

凌雲の行燈を頼りに二人で水辺へと向かう。

「お美津、足元に気を付けろ」

凌雲がさりげなく美津の手を取った。と思うも束の間、握っていた手を放して美津の手首のあたりを握り直す。

「ありがとうございます。助かります」

手を握り合ったそのときに凌雲がひどく慌てたのがわかり、美津はくすっと笑った。

水辺に近づくと、二本の釣り竿が見えた。

石に寄りかかって、権助が眠り込んでいる。

ぐう、ぐう、と地鳴りのような高いびきが周囲に響き渡っている。

「さあ、権助さん、どうぞ」

大きな身体に、腹を冷やさないように掻巻を掛けてやった。だがこのまま放って帰るわけにはいかない。権助が目を覚ますまでは一緒にいなくては。

美津は糸を水面に垂らしたままの権助の釣り竿を手にして、凌雲の横に並んだ。

「お魚、釣れましたか?」

凌雲がふっと笑った。

「いや、一匹も釣れない。だが、釣りというのはなかなか楽しいものだな。権助は少々はしゃぎすぎに思えたが。懐に隠し持っていた酒をどんどん飲み干して、結局はこんな有様だ」

凌雲が権助を振り返ると、いびきがごごっと鳴った。

「権助さん、久しぶりに釣りに出て楽しかったんですね」

権助が夜釣りに出かけるのは、女房が亡くなってから初めてのことなのかもしれない。

「男というのは弱っちいもんだな。女房がいなけりゃ、ひとりでは何もできやしない」

「あら、凌雲さん、そんなことを言ってはいけませんよ。できないはずがありません。女にできることは、すべて男にもできるに決まっていますよ」

美津は大きく首を横に振った。

凌雲が、えっという顔をしてこちらを向く。

美津は黒い水面で揺れる月を見つめた。

私に万が一のことがあったら――。

塵の山の中で酒に溺《おぼ》れる凌雲。それをただ受け入れるしかないマネキ、白太郎、黒太郎、茶太郎の姿。そんな悲しい光景は、想像したくもない。

「お美津、ありがとう。いつも苦労をかけるな」

聞き間違えかと思った。

美津ははっとして凌雲に顔を向けた。頬が熱くなり、慌てて水面に目を戻す。

「き、きっと、権助さんは、身の回りのことができないんじゃないんです。お内儀さんが亡くなったのが寂しくてたまらなくて、生きる気力を失っているんです。壮健に長生きしたいという前向きな気持ちが薄れてしまっているんです」

「……そんな飼い主では、玉三郎が気の毒だな」

美津は息を止めた。

やはり凌雲は何でもはっきり言う。

あの部屋を片付けた美津自身もそう感じていたことだ。だが、権助にも玉三郎にも、亡くなった権助の女房にも申し訳なくて、決して口に出さないようにと思っていた。

誰も悪くない。ただ皆で仲良く幸せな暮らしをしたかっただけだ。権助の女房は己が若くして急に死んでしまうなんて知らなかったし、権助だって己の心がここまで萎れ切ってしまうとは思わなかったはずだ。

なのに、こんなことになってしまうなんて――。

「あら？　玉三郎？」

目の前を橙色のしなやかな身体が通り過ぎた。

「やっぱり、権助さんのことが好きでたまらないのね」

玉三郎は、寝込んだ権助の腹の上にちょこんと座った。

「お美津、違うぞ。あの掻巻が玉三郎の寝床に違いない」

「えっ？」

言われてよくよく見ると、確かに掻巻にはただ事ではない量の抜け毛が付いている。

「あら、嫌だ。私、てっきり……」

頰に両手を当てたそのとき、凌雲が「あっ」と声を上げた。

玉三郎が権助の顔を思いっきり引っ叩いた。

一度だけではない。二度、三度と、かなり強い調子で叩いているようで、「ばちん」という音がこちらまで聞こえてくる。

「玉三郎、やめて。せっかく権助さんがいい気持ちで寝ているんだから、起こしちゃだめよ」

幸い玉三郎は爪を出していないようだ。だが、猫は気が高ぶると覚えずして引っ掻いてしまうこともある。この強さでばりっとやったら、間違いなく傷跡が残る怪我になるだろう。

「うわあぁっ!!」

これまで静かに眠っていた権助が、急に大きな叫び声を上げた。

「きゃっ!」

驚いた美津が飛び退くのと、玉三郎が脱兎《だっと》のごとく逃げ去るのは同時だった。

「なんだ、なんだ。また玉三郎に起こされたぞ。いったい、何だってんだ!」

権助は寝起きのぼんやりした頭をどうにか覚まそうとするように、幾度も首を振る。

「凌雲先生、それとお内儀さん、驚かせて悪かったね。ずいぶん嫌な夢を観ていたもんで、魚を追いかけて水に落っこちたところで、海坊主が現れて俺の頬っぺたを引っ叩いて……、ええっと、夢か現《うつつ》か、何が何やらよくわからねえんだけどなあ」

美津は、落ち着いて落ち着いて、と大きく頷いてみせた。

「玉三郎は、いつもこうやって、夜中に権助さんのことを起こしているんですね。いったいどうしてそんなことを……」

「わかったぞ。権助。玉三郎が暴れた原因はお前の異変だ」

凌雲がきっぱりと言った。

「俺の異変？」

権助が怪訝そうな顔をして、太った腹を揺らした。

七

「お美津、玉三郎は、権助の腹の上で何をしようとしていた？」

「ええっと、寝床の搔巻の上に丸くなったってことですから、これから寝ようとしていたに違いありません」

「そうだ。玉三郎は己の匂いの付いたお気に入りの搔巻の上で、今まさに寝ようとしていたんだ」

凌雲が頷いた。

権助は何が何やらわからない顔をして、首を捻っている。

「静かにすやすや目を閉じて、二人とも心地良いときだったはずです。それがどうして、いきなり権助さんの頬を叩くなんて不穏なことを始めたんでしょう」

「お美津が今言ったことがその理由だ。むさ苦しい男の権助が、静かにすやすや眠っていたとな」

「えっ？　私、むさ苦しいなんて一言も言っていませんからね！」

美津は慌ててきょとんとした顔の権助に向かって首を横に振った。

「そちらではない。静かにすやすや眠っていた、だ。権助はずいぶんたくさんの酒を飲んでいたはずだ。そして、この大きな身体で地べたにごろんと横になっていた。何かが足りないと思わないか？　最初に私たちが近づいたときは、聞こえていたはずだろう？」

「いびき、ですね！　そういえば、玉三郎に叩かれたときの権助さんからは、いびきが聞こえなかったんです！」

美津は両手を打ち鳴らした。

「そうだ。権助は、眠りながら息が止まってしまう病に罹《かか》っているんだ」

「へ？　俺が、病だって？」

権助が素っ頓狂な声を上げた。

「眠りながら息が止まる病に罹ると、夜に深く眠ることができない。息が詰まるたびに叫んで跳ね起きたりを繰り返してしまう。自覚としては、悪夢にうなされると感じていることもある」

「さっきの俺みたいに大声を上げちまう、ってことですね」

権助が決まり悪そうな顔をした。

「この病は、最初のうちは昼間に酷い眠気を感じたり、気力が失《う》せたりする。だが酷くなると、だんだん顔色が悪くなり、息が止まったまま目覚めることができずに、心ノ臓が止まってしまうこともあるんだ」

「そんな！　どうしてそんなことになるんですか!?」

権助が震え上がった。

「喉の病や顎の骨格が原因の場合もある。だが、いちばん大きな理由は太った身体だ。酒を控え腹八分目を心掛けて、壮健な暮らしをしなくては、この病は決して治らない」

「太った身体……」

権助が青い顔をして、己の膨れた腹に手を当てた。

「それじゃあ、玉三郎は俺の息が止まったことを教えてくれていたんですね？」

「いびきの音が止まってしばらくしたら、権助が大声で叫ぶことをわかっていたのだろう。寝入りばなに大声を出されてはこちらの肝が冷えてしまうと、叫ぶ前に起こそうとしたんだろうな」

権助はしばらく凌雲の言葉の意味を考えるように目を巡らせた。

「なんだよ、玉三郎、放っておいてくれたほうが良かったさ。酒を飲んで寝ている間に心ノ臓がきゅって止まったら、それほど楽なことはねえさ」

権助が肩を落とした。

「毎朝、こんな暮らしをいつまで続けなくちゃいけねえんだって思っていたさ。もう楽しいことも何もねえし、生きていたって仕方ねえんだ」

権助が諦めたように言って、ろくに手も洗わず汚れた掌に目を落とした。

「権助さん、それは違いますよ！」

美津が身を乗り出すと、権助が、そして傍らの凌雲が驚いたようにこちらを見た。

「玉三郎は、権助さんの息が止まっているのに気付いたんです。そして権助さんまでが亡くなってしまっては大変だと思って、必死で起こそうとしてくれたんです！」

凌雲の顔を見ずに言い切った。

「権助さんが亡くなったら、玉三郎はどれだけ悲しい思いをすると思いますか？　それに……」

美津は目頭に溜まった涙を親指で拭った。

「亡くなったお内儀さんは、今の権助さんと玉三郎を見たら、どう思うでしょう？　汚い部屋で、不摂生な暮らしをして、もういつ死んでも構わないなんて言っている権助さんを見て、お内儀さんは何と言いますか？　泣いて悲しむのではないですか？」

言い過ぎてしまっているとわかっていた。

でも、言葉が溢れ出て止まらなかった。

「……女房が何て言うか、って？」

しばらく黙ってから、権助が震える声で言った。

「泣いて悲しむわけがねえさ。そんな甘っちょろい女じゃねえぞ」

洟をぐずりと鳴らす。

「あいつは玉三郎のことを、心底猫かわいがりしてやがったからなあ。俺が玉三郎をほったらかして先に死んだら、すりこぎ棒で尻っぺたをぶん殴られるな。すぐに戻って、玉三郎に餌をやって来い、って怒鳴られるに決まっているさ」

権助が涙を零して、へへっと笑った。

権助が「玉三郎や」と優しい声で呼ぶと、暗闇からすっと玉三郎が現れた。

にゃあと鳴く。嬉しそうでもなければ悲しそうでもない、ただ「何か用かい？」とでもいうように、平然とした顔で権助の呼びかけに応える。

「玉三郎は、俺の命の恩人だな」

権助が玉三郎を抱き上げると、涙で濡れた顔を毛並みに埋めた。

凌雲が何か言いかけてから、美津と顔を見合わせた。

美津は微笑んで小さく首を横に振る。

「……そうか」

凌雲がただ一言答えて頷いた。

「悪かった、玉三郎。これから一緒に長生きしような。ずっとずっと長生きしような」

権助が、玉三郎を抱きしめておいおいと声を上げて泣き出した。

「部屋を片づけて、ねこじゃらしでいっぱい遊ぼうな。ねこまんまを作ってやるぞ。その毛並みが艶々になるまで、たくさん梳ってやるさ」

玉三郎は少々迷惑そうに身を捩《よじ》る。

「そうだな。玉三郎も、亡くなったお内儀も、きっと喜ぶはずだ」

凌雲はしばらく黙ってから、これでいいな、というように美津に微笑んだ。

八

「お美津ちゃん、いるかい？　いるよね？」

生垣の間から仙の声が聞こえた。

「はあい、いますよ。今、黒太郎の爪を切っているところだから、ちょっと待ってね」

黒太郎の黒くて硬い爪を、握《にぎ》り鋏《ばさみ》でぱちんと切った。犬猫の爪には血が通っているので、痛みを感じないぎりぎりのところを切るのはなかなか難しい。

無事に綺麗に切り揃えられたと思って顔を上げると、濃紺色の地味な小袖姿の仙が、赤い目をして立っていた。

「お仙ちゃん、その格好……」

「大奥さま、亡くなったんだ。今さっきね。結局、目を覚ますことはなかったけれど、生きているうちにお別れを言うことはできたよ」

仙が寂し気に呟いた。

「そうだったのね」

美津は眉を下げて手を合わせた。

「大奥さまが、皆に厳しく命じてくれていたらしいよ。私のことを無理に連れ戻そうとしちゃいけないってね。今は見守ってやれ、って言ってくれたんだ。初めて知ったよ」

仙が洟をぐずぐずいわせながら、親指で涙を拭う。

「そうだったのね。大奥さまは、お仙ちゃんのことをほんとうによくわかってくださる方だったのね」

ほんとうなら仙は、すぐに馬場家からの遣いに強引に連れ戻されてもおかしくない。だが仙のことだ。無理強いをされたら、勢いに任せてもう何もかもやめたなんて言い出すに違いなかった。

「そうさ、大奥さまは、馬場の家の意地の悪い奴らなんかとは違うんだ。あんな堅苦しいお屋敷にいても、型に囚われることなく、伸び伸びした、私が憧れるような素敵なお方さ。だからさ……」

仙が己の着物に目を向けた。

「大奥さまに恥を掻かせちゃいけないと思ってさ」

仙の大奥さまへの想いに、胸が温かくなった。

美津はにっこり微笑んで頷いた。

「落ち着いた色の着物も、とてもよく似合っているわよ。お仙ちゃんはほんとうに別嬪さんだから」

「そうかい？　だったらいいんだけれどね。年増くさく見えないかい？」

「年増で何が悪いの？　誰だって齢を重ねれば年増になりますよ。お仙ちゃんだったら小粋で洒落た若奥さまって、お江戸のみんなに憧れられるわ」

「そうかい、嬉しいねえ。確かに、こんな地味で貧乏くさい小袖を粋に着こなせるのは私だけだとは思っていたけれどねえ」

「そうよ、そうよ、お屋敷に戻ってもその意気でいればいいの」

「誰がお屋敷に戻るって？」

冗談を言って和らいでいた仙の顔が、また強張った。

この期に及んで戻らないつもりなのか！　美津が呆れて言葉を失ったそのとき。

「凌雲先生、たいへんです！」

今にも泣き出しそうな顔をした老婆が、黒太郎によく似た黒い犬を抱いて駆け込んできた。

元から小柄な背丈の上に年を取って背が丸まって、まるで子供のように小さな老婆だ。

「うちの影法師《かげぼうし》の尾が千切れてしまったんです。近所の権助ってやもめ男に聞いたら、すぐに《毛玉堂》に連れて行くように言われまして。凌雲先生は、玉三郎どころか俺の病にまで気付いた名医中の名医だと……」

「尾が千切れた、ですって？　それはたいへんです。いったいどうしてそんなことに？　血は止まりましたか？」

「お美津ちゃん、私が凌雲先生を呼んでくるよ」

美津と仙は顔を見合わせて頷き合った。

美津が慌てて駆け寄ると、影法師と呼ばれた黒犬の尾が根元からぷつりと切れている。

黒犬は飼い主の老婆の剣幕のほうに驚いている様子できょとんとしている。己の尾が千切れてしまったことには気付いていない。赤い血が付いた尾の根元だけが左右に揺れていた。

「友達に会って立ち話をしていたんですよ。そうしたら大八車がやってきて、影法師の尾の上に車輪を乗っけたんです」

「それは、ずいぶん痛かったでしょう！　影法師は酷く動転したことでしょう。かわいそうに」

「いいえ、違うんです。影法師は、車輪が尾の上にあっても、ずっと痛みに耐えていたんですよ。私が、ここで待っておいで、って言ったから、その命令を守っていたんです。そうして大八車がいなくなってからしばらくして、尾が千切れてしまっているのに気付きました」

「えっ！　痛みを我慢して命令を守るなんて、そんなことって……」

理屈の上ではできる。決して飼い主の命令に逆らわないように厳しく躾を仕込んでおけば、己の尾が切れてしまうくらいの痛みにも、悲鳴ひとつ上げずにじっと耐える場合もあるかもしれない。

だが、そんなことは普通の犬では考えられない。

思わず影法師の四肢に目を走らせた。骨盤が小さい。節が曲がっていて、ほんのわずかに後ろ脚を引き摺っている。

「……もしかして、影法師は、《賢犬堂》で譲り受けた犬ですか？」

「えっ、どうしてわかるんですか？」

老婆は大きく目を見開いて、影法師を強く抱きしめた。

けんけん堂

一

影法師は真っ黒な毛並みに真っ黒な瞳が艶やかな、賢そうな顔をした犬だ。

凌雲が尾っぽの傷口の汚れをぬるま湯で洗い流している間じゅう、ずっとまっすぐ前を向いて一点を見つめていた。

動物の尾っぽには骨がある。ちょっとやそっとのことでぷちんと千切れるはずがない。きっとかなり強い痛みが走っているはずなのに、影法師は一切の心の乱れを見せない。

白太郎、黒太郎、茶太郎の三匹の犬たちは、庭の隅で薄気味悪そうな様子で、遠巻きにこちらを窺っていた。

「えっと、この影法師さんは、ずいぶんと我慢強いんですねえ」

すっかり助手の顔をしながら見物していた仙が、少々気が引けた様子で、老婆に話しかけた。

「ええ、そうですとも。影法師はおとなしい良い子です」

腰を曲げた老婆は、ぐすりと鼻を鳴らして涙ぐんだ。影法師を撫でようとして幾度か虚空を触る。ずいぶん目が見えにくくなっているのだろう。

「実を言うと、最初はこんなに真っ黒な犬を飼うつもりはなかったんですよ。年寄りの目では、夜にはどこにいるかわからずに踏んづけちまうと思いましたからね。でも、《賢犬堂》の伝右衛門さんが、この影法師がいちばん賢い、おまけにいちばん年寄りに合っている、と仰いましてね。迎えてみたらそのとおり、これほど頼りになる子はいませんよ」

伝右衛門の名前に、美津と凌雲はちらりと目を合わせた。

いちばん賢い。そんなふうに言われた影法師は、きっと伝右衛門のあの厳しい躾に一度も音《ね》を上げずについてきた根性のある仔犬なのだろう。

「へえ、こちらの影法師さん、婆さまの身の回りのお世話をぜんぶやってくれる、ってんですか？」

仙が洗い物をしたり包丁で菜を刻む真似をした。

老婆は初めて張りつめていた気が抜けたように、ふっと笑った。

「いえいえ、影法師は、何があっても決して怒らない優しい子なんですよ。通りすがりの犬に吠え掛かられても、うちの孫に耳を引っ張られても、いつも穏やかにしております。大八車に尾っぽを踏まれても声一つ上げないってのは、さすがに心配にもなるのですが……」

それは穏やか、というのとはちょっと違うのではないか。

美津の胸に不穏なものが広がる。

凌雲に手当てをされている影法師の姿をしげしげと眺めた。まだ一歳くらいの、若々しい力が漲っているはずの中型犬だ。

だが己の怪我を気に掛けることさえせずに、背筋を伸ばしてきりりと前を向く姿は、まるで心が抜けてしまったような虚ろな表情にも見えてくる。

「へえ、決して怒らない優しい犬ですか……」

仙もどこか腑に落ちない顔をして首を捻っている。

「ええ、そうですとも。ね、影法師、おっと」

老婆が僅《わず》かによろけると、影法師はよく躾けられた様子で老婆を支えるように素早く身を寄せた。

すると、ふいにクチナシの生垣をざっと揺らす強い風が吹いた。

「おうっと、何だい何だい。目に砂が入っちまったよう。いててて」

仙が両目を強く瞑《つむ》って激しく髪を払う。

「あっ」

美津は息を呑んだ。

それまで涼しい顔で微動だにしなかった影法師が、耳を伏せてきゅっと身を縮めたのだ。ほんの刹那、あっという間の出来事だった。すぐに影法師は元のきりりと前を見据える姿に戻った。

老婆はそんな影法師の姿には少しも気付いていない。

美津が凌雲の顔を見上げると、こちらをしっかり見て、うむっと頷いた。

「尾っぽが切れるというのは、婆さまが思っている以上の大ごとだぞ。尾っぽは背の骨と繋がっていて、背の骨は頭と繋がっている。この傷がひどくとがめれば、影法師の命が危なくなる場合もある」

それまで黙っていた凌雲が、いかにも深刻そうな顔で口を開いた。

「へっ？　命が危なくなるですって？　こんなに平気そうにしているのにですか？」

急に物騒なことを言われて、老婆は目を見開いて仰天した。今しがた耳で聞いたことが、ちっとも頭の中に入ってこないような顔だ。

年寄りを怖がらせるのは気の毒にも思う。だが少々大仰ではあるが、凌雲の言葉は嘘ではない。

「どうだろう、これから数日は影法師を《毛玉堂》で預からせてもらえないだろうか。影法師がここにいれば、私が日に幾度でも傷の様子を検分できる」

「ええ、そりゃ、もちろんですとも！　凌雲先生、どうぞ影法師をお救いください！ああ、影法師、あんたそんな大きな怪我をしていたのかい？　痛かったねえ。我慢していたんだねえ」

老婆は青い顔をして手を合わせた。

「凌雲先生にお任せすれば大丈夫ですよ。万が一のことを憂慮されているだけですから。影法師はほんの数日で壮健に戻りますからね」

心配のあまり足元がふらついてしまった老婆を力づけ、表まで見送ってから庭に戻ると、影法師の目がくるりと動いたのがわかった。

追いかけもせず、置いていかないで、と鳴いたりもせず、ただ老婆が帰ってしまう後ろ姿を静かに目だけで追っている。

「ええっと、影法師さん、そんな大怪我だったのかい？」

仙は、さあ事情を話してくれ、という顔で美津のところへ駆け寄ってきた。凌雲と美津の様子に何か引っかかるものを感じたのだろう。

「さっき、気付いたのよ。お仙ちゃんの目に砂が入っちゃったときに」

美津が説明を始めると、凌雲が黙って頷いた。

「私が、こうやったときかい？」

仙が、先ほどのように顔を顰めて髪の砂を払う真似をした。

「あっ、影法師！」

影法師は再び身を縮めた。今度は思わず背後にのけぞるような怯えた動きまで加わっている。

「そんな、私があんたを叩くわけないだろう？　そりゃ、乱暴者のなんとか助がお美津ちゃんに喰いついていたら、草履でぴしゃり、くらいはやったさ。けど、お医者に怪我の手当てをしてもらっているあんたのところに来て、いきなりぽかりとやるなんて。私はそんな鬼みたいなことをしそうに見えるかい？」

仙がおろおろした様子で、影法師と美津を交互に見た。

「お仙ちゃんのせいじゃないわ。きっとこの影法師、高いところで手を上げられると怯えちゃうのよ。きっと私が同じ仕草をしても一緒。かわいそうだから試したりはしないけれど」

そうか。誰よりも利口な影法師はこの癖のせいで、子供のように小柄な老婆のところに貰われるしかなかったのだ。

「ええっ、そんなことってあるのかい？　そうしたらこの子は、お利口なんじゃなくて、怖くて怯えているだけじゃないか！」

仙の言葉に頷いて、美津は影法師にそっと手を差し伸べた。

顎のあたりで手を止めて手の匂いを嗅がせてやってから、影法師のほうから身を寄せるかぷいと顔を背けるのを待つ。

身を寄せてくれるならば撫でても大丈夫だ。だがここで顔を背けられてしまっているうちは、決してこちらから触れてはいけない。

人と犬との挨拶だ。

しかし影法師は、いつまで待ってもどちらの行動も起こさない。

美津の姿など少しも目に入っていないような顔をして、しっかり前を見つめて身を強張らせていた。

二

家の仕事を終え、そろそろ行燈を消そうとしたところで、部屋の隅で固くなっている影法師に声を掛けた。

「影法師、おいで。こっちに掻巻を敷いたのよ。暖かい寝床ができたわよ」

影法師は、おいでと呼ばれたのでこちらへ来た。

胸の内の窺い知れない顔で、美津の顔をじっと見つめている。

命令を待っているのだと気付いた。

「あら、えっと、影法師。ここに座りなさいな。そしてここでぐっすり眠ってちょうだいね」

美津が古びた掻巻を指さすと、影法師は初めて何をすればよいかわかったように、その場にぺたんと座った。

美津が困惑に顔を曇らせかけたところで、

「普段は世話焼きの婆さまが、あれしろこれしろと常に先回りして言ってくれているのだろうな」

凌雲がのんびりした口調で言った。

老婆が影法師を可愛がるあまりに、これを食べろ、ここであったかくしておけ、いやいやこっちに座れ、なんてあれこれ命じる姿。まっすぐな顔でそれに忠実に応えている影法師。胸に浮かんだほっこりする光景に、美津は小さな笑みを浮かべた。

凌雲さんはわざと、私に難しく考えすぎるなと言ってくれているのだ。

「影法師、ここでは力を抜いて過ごしなさい。ぐっすり眠って、たっぷり朝寝坊をしなさいね」

優しく声を掛けてから、灯りを消して凌雲の横に寝転んだ。

凌雲の掻巻には、白太郎、黒太郎、茶太郎とマネキが潜り込んで、ひからびてくっついた団子のようになっている。

「お美津、影法師の話だが、これからどうしたら良いだろう」

凌雲が天井を見つめて言った。

「えっ?」

影法師のことが心配で、このままじゃ到底眠れないと思っていた。けれども凌雲の仕事にどこまで口を出してよいのかわからない。そんなときに、こうやって当たり前のように声を掛けてくれるなんて。

凌雲にとって美津は大事な存在だ、頼りになる存在だと言われたようで、胸が温かくなった。

「影法師のことが心配です。どんな痛みも我慢して、どんなに嫌なことも我慢して、お利口に振舞っている。その理由が人に叱られるのが怖いからだとしたら、あまりにもかわいそうです」

これまで《毛玉堂》にやってきた、獣らしさを忘れたようにお利口な犬たち。

そして、伝右衛門の《賢犬堂》で厳しい躾をされていた仔犬たち。

胸の中に渦巻く不安を口に出す。

「そうだな。きっと影法師は特に臆病な気質なのだろう。臆病な犬が穏やかな年寄りと暮らすのは、本来悪いことではないはずだが……」

凌雲は難しい口調だ。

「伝右衛門さんのやっていることは、犬を大事に可愛がっている人の仕業とは思えません。無理な掛け合わせをして、小柄ですらりとした身体の犬を作り、お母さん犬ともあっという間に引き離してしまって、厳しい躾を仕込むなんて」

だがしかし、伝右衛門は、手が付けられない乱暴者のてろ助に、「褒めてやる機会を作る」という正しい躾の方法を答えたのだ。

考えれば考えるほど、伝右衛門という男がわからなくなる。

「一度、私が伝右衛門と話をしなくてはいけないな」

「あの、凌雲さん、もし良かったら……」

美津は考え考え言った。

「影法師が《毛玉堂》にいるうちに、一緒に連れて行くのが良いかもしれません。尾っぽが切れてしまった影法師を見れば、あの厳《いか》めしい伝右衛門さんだって、気の毒に思ってくださるはずです」

「そうだ、お美津の言うとおりだな。明日、早速一緒に《賢犬堂》へ行こう」

凌雲が頷く気配が伝わった。

ああ、凌雲さんの役に立てたんだ。

美津はいつの間にか熱くなっていた頬を、両手でさりげなく押さえた。

幾年も同じ屋根の下で暮らしていて、ようやく手を繋ぎ合うことができるようになったばかりだなんて、きっと傍《はた》から見ればすごくおかしな夫婦だけれど。

でも私は幸せだ。

大好きな人にほんの少しでも頼りにしてもらって、そしてその人は、私の忠言を笑いとばしたりなんてせずにきちんと受け止めてくれる。

このご時世に、こんなに素敵な夫なんてそうそういない。これ以上を求めたら罰が当たる。

美津は暗闇で顔をにんまりと綻ばせて、凌雲に背を向けた。

真っ暗闇の中に、障子越しの月の光を映す艶やかなものが二つ。きょろきょろと忙しなく揺れている。

影法師の瞳だ。

初めての家に泊まるのは、ほんとうはとても不安に違いない。《毛玉堂》の犬猫たちのように、ごうごう高いびきでぐっすり眠ってしまうなんてできないだろう。

「影法師、怖くないわ。一緒に寝ようね」

美津は掻巻を握って立ち上がると、影法師の尾の怪我に当たらないように気をつけながら、横に寝転んだ。

影法師は少々戸惑った様子だが、美津にしばらく背を撫でられていると心地よさそうに目を細めた。

「いいこ、いいこ。早く目を閉じてゆっくりおやすみなさいな。たくさん寝たら、怪我も早く治るわよ」

影法師が、遠慮がちにぺろりと美津の手を嘗めた。

「まあ、ご挨拶をしてくれてありがとう。いいこね。おやすみ」

初めて影法師と血の通った関わりができた気がして、胸に喜びが広がる。

「お美津」

「はいはい、何ですか？」

影法師の眠りの妨げにならないようにと、小さな声で答えた。

「……ありがとう」

少し離れた背後から、凌雲の暖かい声が聞こえた。

三

次の朝起きたらすぐに伝右衛門のところへ出かけようと思っていた。だが、珍しく《毛玉堂》に次々と来客があった。

お調子者の犬がやってきても、怒りん坊の猫がやってきても、影法師は庭の隅の木陰に繋がれて、置物のようにその姿を見守っているだけだ。

飼い主たちは影法師の姿にさえ気づかない。まさに、影法師のようにひっそりとしている。

「影法師、今日は暑いからお水を飲みなさいね」

手が空いた隙に美津が声を掛ければ、淡々と器に出してやった水をすべて飲み干す。

「あら、もうぜんぶ飲んだのね。ごめんね、喉が渇いていたのね」

この調子だと陽が傾いて木陰の位置が変わっても、影法師は暑さを我慢して「ここで待っていてね」と言われた場所に留まっていそうだ。

何度もちょくちょく気を配りながら、「影法師、こっちよ」「影法師、あっちよ」「影法師、お水は？」なんて声を掛けていたら、世話焼きの婆さまになったような気分になった。

「やれやれ、ようやくお仕事が終わりましたね」

足に刺さった棘を抜いてやった猿回しの猿を見送ってから、美津はふうっと大きく息を吐いて額の汗を拭いた。

茜色《あかね》の夕暮れ空を見上げる。

もうこれから先は、新しい患者さんがやってくることはないだろう。つまり、他所《よそ》の家を訪ねるには遅すぎる刻だ。

残念だが、伝右衛門の《賢犬堂》を訪ねるのは明日になりそうだ。

「珍しく大忙しの一日だったな。お美津、よくやってくれた」

凌雲も美津と同じような仕草で、少々大仰に息を吐いて額の汗を拭いた。にっこり笑う。

「いえいえ、私なんて、凌雲さんの横でばたばた走り回っているだけですから。忙しいのなんてへっちゃらです」

急にこんなふうに素直に労われると、驚いてよくわからないことを答えてしまう。

でも、嬉しいな。

お美津、よくやってくれた。凌雲の言葉を胸の内で繰り返す。

「さあ影法師、お仕事が終わったわ。とってもいいこで待っていてくれたのね」

ご機嫌な声を掛けたところで、背後で生垣がざっと鳴った。

「お美津ちゃん、たいへんだよ！　何があったか知らないけれど、にやにやしている場合じゃないさ！」

「わっ、お仙ちゃん。こんな夕暮れ時にどうしたの？」

思わず己の頰を触るが、お仙の顔つきは真剣だ。

「あれからどうにも居心が悪くてねえ。《賢犬堂》の伝右衛門について《鍵屋》のお客に訊いて回ったのさ。おうっと、言いたいことはわかっているさ。安心しておくれよ。私は噂話の達人さ。こっちから悪い噂を広めるような、揉め事になるような振舞いは決してしちゃいないからね」

「まあ、お仙ちゃん、影法師のためにわざわざそんなことをしてくれたの？」

「ほんとうは、あんまり犬には興味がないんだけれどねえ。でも、そちらの影法師さんは常にお利口に振舞えって命じられて、うまくできなかったら叱られるんじゃないかって怯えているんだろう？　そんなのってあんまりにも不憫じゃないか」

仙が幾度も頷きながら影法師を見つめた。

あんたの気持ち、ようくわかるさ。そんなふうに呟いて涙を拭う真似をする。

影法師は賢そうな顔で、うんうんと頷く。《賢犬堂》の他の犬たちのように、己の話をされたら頷いて相槌を打て、と仕込まれているのだろう。

「それで、伝右衛門さん、何がたいへんなの？」

先ほどの仙の血相を変えた顔つきには、理由があるはずだ。

「そうそう！　伝右衛門ね。どうやら夕暮れになると鮫ヶ橋《さめがはし》のあたりの河原に仔犬を捨てているらしいんだよ」

「仔犬を捨てている、ですって？　嘘でしょう！」

悲鳴のような声が出た。

桜川《さくらがわ》に架かる鮫ヶ橋の河原に野犬が多いことは美津も聞いたことがあった。夕暮れ時ならばまだしも、夜になると群れになって人を襲ったりすることもあるらしく、皆、怖がって近づかない。

野犬は獰猛《どうもう》で残忍でなくては生き延びることはできない。人なんて敵だ、獲物だ、くらいに思っていなければ、危険を避けて餌にありつくことはできないのだ。

つまり一度でも人と通じ合ってしまった獣は、その優しさゆえに野生ではすぐに死ぬ。獣を外に捨てるのは、殺すのと同じことだ。そんなことをする者は鬼だ。たとえどんな事情があっても決して人の心があるとは認めない。

「近所の人が、おっきな籠を背負って夕暮れの河原を歩いている伝右衛門を見かけたってのさ。人目を気にするようにきょろきょろと周囲を見回して、誰かがその様子を見ているとわかると、捨てるのを諦めて帰るのさ。きっと、思うような掛け合わせにならなかったり躾が通じなかったお馬鹿な仔犬を、お払い箱にしているに違いないよ。犬屋ってのは、そんな残酷なことも平気でやる仕事なのかい？」

仙は拳を振り回して赤い顔をしている。

「そんな……」

決して信じたくない話だ。

てろ助の躾に素晴らしい忠言を与えてくれた伝右衛門。犬にも人と同じような心があると思い込んでいなくては、「褒めてやれ」なんて暖かい言葉は決して出てこないはずだ。

仔犬を捨ててしまえるなんて。そんなこと……。

美津が凌雲の顔を見上げると、険しい顔をして両腕を前で組んでいた。

「お美津、今から鮫ヶ橋に行こう。影法師も一緒にな」

「私も一緒に行ってもいいですよね？　お邪魔なのはじゅうぶん承知していますが、この大事な話を聞いてきたのは私ですからね！」

仙が張り切った様子で身を乗り出した。

「ああ、もちろんだ」

凌雲が頷いた。

「よしっ！　影法師！　悪い奴を倒しに行こうね！　あんたをさんざん怖がらせて、そんな幽霊みたいなぽけっとした犬に変えちまった恐ろしい男を、成敗してやるよ！」

仙が影法師の引き綱を振り回すと、影法師はいかにも賢そうにこくりと頷いた。

四

美津と凌雲、そして仙と影法師が河原に辿り着くと、黒い川面《かわも》の半分くらいに夕焼け空が広がり、もう半分では夜が始まっていた。

川の畔《ほとり》には大人の背丈ほどの高さの草が生い茂る。遠くで犬の吠え声が聞こえた。どこかに獣の死骸が落ちているのだろう。喉が痛くなるような強い嫌な臭いを感じる。

空が真っ黒になってしまったら、こんな危ないところにはいられない。

「影法師、あんたが頼りだよ。万が一野犬に襲われそうになったら、その賢そうなお顔で、ちゃんと『この人たちはいい人です』ってお仲間に話して聞かせておくれよ」

仙が影法師のお尻のあたりをぽんぽんと叩く。

影法師は毛艶が良く目が輝いたすこぶる良い犬には違いない。だが、野犬と闘うことになって勝てるはずはない。野犬には、きっと仙が言うところの〝話〟も通じないはずだ。

美津は落ちていた大きな棒切れに目を留めた。

これを拾って野犬に身構えたほうがいいだろうか、なんて身を強張らせていると、ふいに仙の「あっ」という声が聞こえた。

「お美津ちゃん、凌雲先生、ご覧なさいよ！」

声を潜めて指さした先には、大きな籠を背負った老人の影――。伝右衛門だ。

「やっぱりだ。ああやって、仔犬を捨てているんだよ。ほらっ、隠れて、隠れて！」

仙に引きずられるようにして草の中に身を潜める。

「ちょ、ちょっと、影法師さんや。何をもたもたしているんだい？　そんなところに座り込んでいたら、見つかっちまうじゃないか」

影法師は仙に綱を引かれても動かない。

「ほらっ、ほらっ、こっちだってば」

仙が少し強く綱を引いた。影法師は首を逆に傾けた。腰を抜かしているのだ。草が揺れる。

伝右衛門の影がこちらを向いた。

「……影法師か？　お前、まさかひとりきりなのか？　いったいどうしてこんなところに……」

伝右衛門の声。

仙が、あちゃ、と額を叩いた。

「いや、引き綱があるな。誰かそこにいるんだな?」

伝右衛門の声が鋭くなった。

「《毛玉堂》の者だ。影法師を連れて、あんたに会いに来た」

凌雲が草の中から一歩踏み出した。

美津と仙も恐る恐るそれに続く。

「どうして影法師がお前たちのところにいるんだ?」

伝右衛門が困惑した様子で訊いた。

きゃん、という悲し気な鳴き声が響き渡る。伝右衛門の背負った籠の中だ。

「それよりまず先に、背中の籠をこっちに寄こしなさいな。仔犬を捨てるなんて外道のすることだよ! 相手が外道なら、いくら老人だって容赦はしないよ!」

仙が、つい先ほど美津が目を留めた大きな棒切れを拾い上げようとした。

「ちょ、ちょっと待ってお仙ちゃん、暴力は駄目よ!」

美津は仙の袖を摑んで慌てて止める。

「仔犬を捨てるだって?」

伝右衛門が呆気に取られた様子で言った。

「違うのかい？　あんたは、掛け合わせに失敗した身体の弱い仔犬や、躾についてこられないお馬鹿な仔犬を、この河原に放り捨てているんだろう？」

仙が首を傾げた。

「まったく酷い言われようだな。そんな噂を広めているのは、きっと先日、じろじろ嫌な顔で睨みつけてきた、近所のあの男だな」

伝右衛門が笑った。背中から籠を降ろすと、中から怯えた顔でけたたましく鳴く一匹の仔犬を取り出した。

「きゃっ！　伝右衛門さん、大丈夫ですか！」

美津は叫んだ。

仔犬が力いっぱい伝右衛門の手に嚙みついたのだ。仔犬の乳歯といえども、恐怖に必死の攻撃はじゅうぶん血が出るほど深い傷になる。

「このくらいのことは、織り込み済みに決まっているだろう」

伝右衛門が示したのは分厚い革の手袋だ。手袋には針で差したような小さな歯形がくっきり付いていた。

仔犬は、伝右衛門が悲鳴を上げて飛び退かないことに納得がいかない様子で、目を尖らせて幾度も牙を立てる。その身体はひどく泥に汚れていた。

ていたんだな」

「拾っていたのか。犬屋や飼い主に捨てられて、そのままでは育たない仔犬を、拾っ

凌雲が尋ねた。

「まあ、そうだったんですね」

美津はほっと息を吐いた。

鮫ヶ橋のあたりに野犬が多いことは皆が知っている。つまり皆がここに犬を捨てるのだ。逆に伝右衛門が、この河原で群れからはぐれて逃げ遅れた仔犬を拾っていたことは、考えてみると少しもおかしなことではない。

「拾っていた、だって？　それじゃあ、この伝右衛門さんは心の美しい立派なお方じゃないか！　あらあら、どうもすみませんねえ。ちょっと早合点いたしました。お前さん、そんな顔をして喰いつかなくてもこの人はいい人だよ。拾ってもらえてよかったねえ」

「お仙、仔犬に触るな！」

凌雲が鋭い声で言った。

「えっ、は、はい！　そうでしたよね。この子は喰いついてくるんでした。あんまり小さくて可愛らしいから、思わず手が出てしまいましたよ」

仙が慌てて手を引っ込めた。

「それだけではない。この仔犬は蚤《のみ》だらけだ。おまけにおそらく腹にも虫がいる。預かりものの影法師にうつっては大ごとだ」

「さすが、よくわかっているな」

伝右衛門がにやりと笑った。

「身体を綺麗にして餌をやるのはもちろん、他の犬とは離して、蚤をすべて取ってやって、虫下しを飲ませる――。ずいぶんな手間だ。よほどの犬好きだな」

凌雲が言うと、伝右衛門は、

「ああ、そうだ。お江戸で私ほど犬を大事にしている者はいないさ」

と自負に満ちた声で言った。

なおも牙を立ててくる仔犬をうまくあしらいながら、ごしごしと頭を撫でる。その手つきはどこまでも優しい。

「ならば、ぜひともあんたの話を聞きたい。いったい《賢犬堂》では何が起きている？」

「何が起きている、とは？」

伝右衛門が両腕を前で組んだ。

「この影法師だ。大八車に轢《ひ》かれて尾が千切れても悲鳴一つあげず、飼い主の老婆の命じることに従っていた」

もうすぐ日が暮れる。影法師の姿が今にも闇に紛れてしまいそうだ。

「尾が千切れたのか。それはかわいそうなことになったな。だがそれは犬の周囲に気を配らなかった飼い主の責任だ。私に言われても困る」

伝右衛門が影法師にちらりと同情の目を向けた。その目に嘘はない。

「そうだろうか？　この影法師、どうやら伝右衛門、あんたの姿にひどく怯えているようだが」

凌雲が仙から綱を受け取り、伝右衛門のほうへ向かって引いた。

影法師は身を強張らせて動かない。だが真っ赤な舌を出してはあはあと荒い息をしている。

逆の方へ引くと、ああ、その命令を待っていたんです、とでも言うように素早く立ち上がってすたすたと進んだ。

五

「この家に夜の客人は初めてだ。眠っている犬たちを驚かさないように、静かに話してくれ。特に女の甲高い声は犬の耳によく響く」

伝右衛門は仙に目を向けて、《賢犬堂》の門を開けた。

しんと静まり返っている。たくさんの犬が暮らしているとは到底思えない。

「はいはい、わかりましたよ。犬さんたちの眠りのお邪魔にならないように、静かに大人しくしていますよ。影法師、あんたも聞いたね？　くれぐれもこのお家では静かになさいね」

仙が仏頂面で答えた。

傍らの影法師は、敷居をまたぐところで目を見開いて動きを止めている。いくら仙が押しても引いても、うんともすんとも言わない。

「無理だ、動かないな。お仙、抱いてやってくれるか」

凌雲に言われて、仙は、「えっ？　私が犬を抱いていくんですか？」と引き攣った顔をした。

「それとも、いっしょに庭で待っていてもらうほうがいいだろうか」

「い、いいえ、私が抱っこしていきますよ。よいしょっ、とね。はい、影法師ちゃん、おっこちないように大人しくしていておくんなさいよ」

話に混ぜてもらえないのは何よりも嫌なのだろう。仙は影法師を軽々と抱き上げた。

「お仙ちゃん、大丈夫？」

どうして凌雲は美津に命じなかったのだろう。不思議に思いながら声を掛けると、仙は「犬ってのは、猫とはずいぶん違うねえ。こんなに固くて重いとは思わなかったよ」と苦しそうに答えた。

通された行燈の灯った部屋は、以前も来たことがある庭に面した客間だ。凌雲と伝右衛門は向かい合った。

「捨てられた犬たちを引き取って、新たな飼い主を見つけていたんだな。同じ犬屋でも、見栄えの良い犬を作り出して売る店とは別物だ。捨て子の養い親を探してやるような、立派な仕事だ」

凌雲が尊敬の籠《こも》った目で伝右衛門を見つめた。

「それが人の子ならば、お上がどうにか人並みの暮らしができるようにと請け負ってくれる。だが犬の子では、出来損ないは殺されるだけだ。黙って見ているには忍びない」

伝右衛門が厳しい顔で頷いた。

「ここのところ、上方からやってきたたちの悪い犬屋がいた。とにかく小さな身体の小さな犬を作るために、無理な掛け合わせばかりをしていたんだ」

「つまり《賢犬堂》には、その犬屋が捨てた犬たちが多くいたんだな。犬を譲るときに飼い主にそのことは伝えなかったのか？」

「伝えてどうする？　今の世では薬もなければ手術もできない。無駄に憂慮をさせるくらいなら、知らないほうが幸せだ」

美津は伝右衛門の言葉に、眉を八の字に下げた。

生まれ持った身体がどうあろうと、この世に生まれた命はいつか必ず病気になる。脚の節は弱って、耳が遠くなって、目は濁る。それは人も犬も同じだ。

だが皆は、できる限りその事実を忘れて過ごしたいと思っている。身体が弱い、犬屋から間引かれ捨てられそうになった犬だ、なんてことを最初に聞いてしまったら、買い求めることを臆してしまう人はいるだろう。

伝右衛門の言うことには一理ある。そう思ってしまう己が辛かった。

「その代わり、この《賢犬堂》の犬たちは私がしっかり躾をしている。飼い主の命令をすべて聞き、子供に悪戯をされても、足元で鼠が走り回っても、顔色一つ変えないように仕込んだ利口な犬たちだ」

「身体が弱いってんなら、それを補うために頭くらいはとびきり賢くなくちゃいけないって、そういう話ですか？　なんだか憎たらしいことを仰いますねえ」

影法師を赤ん坊のように横抱きした仙が、むっとした顔をした。

「お仙、違うぞ。伝右衛門が気を配ったのは、犬と飼い主との絆《きずな》だ」

凌雲が首を横に振った。

伝右衛門が、ほう、という顔をする。

「今私たちが話している〝利口な犬〟というのは、〝人と暮らしやすい犬〟ということだ。《賢犬堂》の犬たちは皆厳しく躾をされていて、人と暮らしやすい。つまり犬を飼うことに慣れていない者でも飼いやすい。飼い主との絆をうまく築きやすい犬たちなんだ。ひとたび絆が生まれれば、犬も人も変わらない。大事な我が子だ。己の子の身体が弱いからといって、他の子と取り替えようとする親はどこにもいないだろう」

「ずいぶんと良く言い表して貰えたものだな。買い被りすぎだ」

伝右衛門が苦笑いをした。だが表情は柔らかい。

「伝右衛門、あんたの信念はよくわかった。だがこの影法師を見ていると、やはりどこか行き過ぎたものがあるようにも思えるんだ」

凌雲が慎重に言葉を選びながら言った。

影法師は仙にひしとしがみついて固まっている。

「影法師はひどい臆病者だった。私が拾ってきた時点で、鼻っ面に酷い怪我をしていたんだ。人に甘えて近づいたところを蹴っ飛ばされたんだろう。いろいろと試みたが、その臆病心だけは完全に取り去ることはできなかった」

伝右衛門が影法師に目を向けた。影法師は嫌そうにさりげなく目を逸らす。

「影法師は、犬にとってとても大事な尾を失くしてしまった。だが何の心の動きも見せずに平然としていた。いくら利口だといっても、これは心を失ってしまったのと同じことだ。そこまでの厳しい躾をする必要があるのだろうか。そしてそんなふうに心を失ってしまった犬たちと飼い主との絆というのは、本物なのだろうか？」

「それを言いに来たんだな。ここまでさんざん私を持ち上げたのは、そのためか」

伝右衛門が渋い顔をした。

「犬には躾が必要だ。私のやり方は何も間違っていない」

伝右衛門が言い切った。

「嫌なことをされても決して不満を表に出すこともなく、人の命令には決して逆らえないものだと思い込まされている犬。それがあんたの求める姿か？」

凌雲が身を乗り出して続けた。

「ああ、そうだ。人の言うことを聞き、人の世に適した姿で生きることこそが、犬の幸せだ」

仙が影法師の耳元で「……とか何とかおっかないことを言っているよ」とこっそり

呟いてから、気の毒そうに頬を寄せた。

「あんたの愛犬は、そんな犬だったのか？」

凌雲の質問に伝右衛門の動きが止まった。

「どういう意味だ？」

「あんたにも心を通い合わせた犬がいたはずだ。きっとその犬は、生きることに怯えることなく、己の心の内を伸び伸びと見せていたはずだ。まるで人と同じように……」

「やめてくれ」

伝右衛門が低い声で遮った。

「私が子供の頃に飼っていた桜丸《さくらまる》は、叩き殺されたんだ」

凌雲の息がふっと止まったとわかった。

仙が「ひいっ」と叫んで、影法師を強く胸に抱いた。

「桜丸は私にとって最良の友だった。私の言うことはすべて理解して、私たち家族を守ろうとしてくれる心優しく利口な犬だった。殺される数日前に鳥小屋に入ってきたイタチを倒したときには、こんな忠犬はどこにもいないと皆に褒めそやされてね。首に花をくくりつけられて得意げに近所を練り歩いていたさ。あれほど心を通じ合わせることのできる友はどこにもいないと、心から信頼していた」

伝右衛門がほんの刹那だけ遠い目をしたかと思うと、身を震わせるようにして眉を顰めた。

「だがそれはすべて、私がそう思っていただけさ。犬と人とが真の友になれるなんて、とんだ思い違いだったのさ」

「理由を訊いても構わないだろうか？」

凌雲が静かに尋ねた。

「ああ、決して忘れることはない。ちょうどこのくらいの暑い時分だ。桜丸は家の前を通りかかった風鈴屋に、身を震わせ涎を垂らして牙を剝き、急に襲い掛かろうとしたんだ。私は家を飛び出して追いかけた。桜丸、やめろ、と幾度も叫んだ。だが桜丸は獣の形相で風鈴屋に襲い掛かった。私の目の前で、桜丸は風鈴屋と近所の人たちに寄ってたかって袋叩きに遭い、殺されてしまったんだ」

伝右衛門が辛い光景を振り払うように、首を横に振った。

「桜丸は、それまで一度も人を襲うようなことはなかったのか？」

「ああ、まさかあの賢い桜丸が、風鈴屋の風鈴の音に苛立ったくらいで、人に牙を剝いて襲い掛かるとは考えてもいなかった」

伝右衛門の話し方に、わずかに少年の頃の面影が浮かんだ気がした。

「少年のあんたは、よほど驚いただろうな」

凌雲が穏やかな声で呟いた。

「私がいけなかった。どれほど己を責めたことかわからない。どうしてもっと厳しく躾をしておかなかったんだろう、と。私がやめろ、と一声言えば、すぐに従うようにしておかなかったんだろう、と。桜丸が死んだのは、すべて私のせいだ」

伝右衛門が唸るように言った。

六

「あの伝右衛門って爺《じい》さんは、ほんとうにおっかないねえ。私のことを鷹《たか》みたいな目で、ぎろりと睨んでいたよ。この私があんな目で人から見られたのは初めてさ。影法師、あんたが腰を抜かして怖がる気持ちがようくわかったよ。おっと影法師、ちゃんといるかい？　いるよね？」

仙が提灯を暗がりに向けた。

暗闇にすっかり溶けてしまっていた真っ黒な影法師が、名を呼ばれて静かに振り返った。仙は駆け寄ってその頭を撫でる。

「よしよし、影法師、お前はいいこだねえ。大人しくて物静かでお利口で、まるで猫さんみたいだよ」

「まあ、お仙ちゃん、猫みたいだなんて。そんなの褒め言葉じゃないわ。影法師に失礼よ」

美津は仙の脇腹をちょんと突いた。

「いてて、冗談、冗談だよ」

提灯の灯りが大きく揺れる。

「それに伝右衛門さん、やっぱりただの〝おっかない人〟なんかじゃなかったわ。だってこの提灯……」

帰り道、伝右衛門はしかめっ面のままこの提灯を差し出した。

空に大きな月が掛かり、明るい夜だ。きょとんとしていた美津たちに伝右衛門は、

「影法師が川にでも落ちたら大ごとだ。黒い犬は、闇に紛れたら決して見つからないぞ」

と、決まり悪そうな顔で言っていた。

「伝右衛門さんは、ほんとうは犬が好きな優しい人だわ」

「だが、伝右衛門の決意を翻すのは簡単なことではないな」

凌雲がゆっくりと考えながら言う。

「桜丸、という子供の頃の愛犬の話ですね？」

美津は頷いた。

大事な愛犬を目の前で叩き殺されてしまうなんて。幼い伝右衛門にとってどれほど辛く悲しい出来事だったか、想像するだけで胸が苦しくなる。

「動物を飼えば必ず別れが来る。そのとき覚えた後悔を元に、次に迎えた動物にはもっと良くしてやろう、もっと気を配ってやろうと思うのは少しも悪いことではないはずなんだ。だが、伝右衛門が《賢犬堂》の仔犬たちにしていることは、それとは少し違うように見える」

凌雲が影法師に目を向けた。

「伝右衛門の胸の内には今でも傷が残っている。それは桜丸を死なせてしまっただけではない。愛犬の桜丸を止めることができなかった、桜丸とは通じ合うことができていなかった、という傷なんだ」

「……確かに、伝右衛門さんの命令にきちんと従うことができていれば、桜丸は殺されずに済んだんですよね」

やめろ、桜丸！

幼き日の伝右衛門は、風鈴屋に襲い掛かる桜丸に、必死でそう叫んだのだろう。

「そうだ。伝右衛門は桜丸との別れで学んでしまったんだ。どれほど仲良くなっても、どれほど愛おしく思っていても、〝人と獣とは通じ合うことはできない〟つまり獣は、人が押さえつけなくてはいけないものだ、と」

「人と獣とは通じ合うことができない、だって？　そんなことはないさ。うちのおミケなんて、おとっつぁんがぎっくり腰をやったときは、ちゃんと痛むところに寄り添って温めてくれたよ。それに、私が絶対にこれだけは踏んじゃいけないよって注意した政さんへのお文に、わざとお尻をくっつけてほくそ笑んでいたりするんだよ。お美津ちゃんのところだってそうだろう？」

「ええっと、そうねえ。確かにうちの犬たちは、ご飯と聞いたらすっ飛んで来るわ。マネキも何かをお願いすると、言うことを聞いてくれるかはともかくとして、とりあえずお返事くらいはしてくれるわね」

かわいらしい皆のことを思い返すと、それだけで少し頬が綻ぶ。

「その喜びが壊れてしまったからこそ、伝右衛門はあのような厳しい躾をするんだ。犬が好きだからこそ、悲しい出来事を防ぎたいからこそ、犬たちの生来の心を押さえつけるほど容赦のないことをしてしまうんだ」

凌雲が、頭を巡らせるように両腕を前で組んだ。

「そうですね……。確かに、うちのおミケが急に涎を垂らして、こんなふうに風鈴屋に襲い掛かったりなんてしたら。そして返り討ちに遭ってしまったりしたら。私も辛すぎて、何かが大きく変わっちまうかもしれませんよ」

仙が「ぎゃお」と猫の真似をして歯を剝きだして唸ると、身体を小刻みに震わせて影法師にがぶりと嚙みつくふりをした。

影法師は一点を見つめてされるがままになっている。

「ちょ、ちょっと影法師ちゃん、少しくらい怖がって調子を合わせておくれよ。ほんとうにお耳を齧っちまうよ」

仙が笑って影法師の背を撫でた。

「お仙ちゃん、今の結構怖かったわよ。迫真の演技ね。本物の妖怪猫娘みたい。影法師、怖がって動けないのかもしれないわよ」

美津はくすっと笑った。

「ええっ？　こんな美しい妖怪猫娘がいるわけあるかい？」

仙が、今度はふざけて美津に襲い掛かってきた。

「きゃあ、やめて、やめて」

夜なので周囲を気にして、声を潜めて逃げ回る。

「……そうか」

凌雲が足を止めた。

「わかったぞ」

何か閃いた顔で大きく頷く。

「お美津、明日からすぐに影法師の躾をやり直そう。白太郎、黒太郎、茶太郎が初めて《毛玉堂》にやってきたときと同じだと思って、気を楽に持たせてやるんだ」

「は、はいっ！　もちろんです！　でも……」

飼い主の老婆は、どこまでもお利口な今の影法師のことが大好きなのだ。

勝手にそんなことをしてしまっても大丈夫だろうか。

「影法師が犬らしい心を取り戻し、それでも老婆と通じ合う姿を見せれば、伝右衛門もきっと変わるはずだ」

美津の不安な胸の内に気付いたように、凌雲がしっかりとした声で言った。

「あのう、凌雲先生」

ふいに仙が口を開いた。

「躾って話なら、あの人を呼んではいかがでしょうかね？　お利口すぎる影法師ちゃんのお導きにぴったりな、あの人ですよ」

「あの人？」

凌雲が怪訝そうな顔をしてから、はっと気づいた。

「ああ、もちろんだ。影法師、きっとうまく行くぞ」

にっこりと笑い、影法師の頭を優しく撫でた。

七

「凌雲先生、お美津さん！　お久しぶりです！」

朗らかな挨拶の声に振り返ると、てろ助の綱を握った文が、仙に連れられてぺこりと頭を下げた。

てろ助は相変わらずの剽軽者だ。何がそんなに楽しいのか、寄り目になったり離れ目になったりしながら、はあはあ舌を出して息を吐き、凌雲に美津に、尾を千切れんばかりに振り回す。

「まあ、お文さん、てろ助、こんにちは。今日はわざわざお越しいただき、ありがとうございます」

満面の笑みとしか思えないような顔つきのてろ助が、美津にどーんと力いっぱい飛び掛かろうとした。

「わあ、てろ助、待って待って。やめて」

美津が身を引いたその時、

「てろ助、おやめ！」

文が引き綱をしっかり握った。

なおも美津に飛びつこうとしたせいで首輪が喉元に喰い込んだてろ助が「ぐえっ」と鳴く。

「おすわり！　てろ助、おすわりよ！」

厳しい口調で言われて、てろ助は不満げな顔ながらようやく正気を取り戻したようにその場に座った。

「まあ、てろ助！　おすわりができるようになったのね。『おやめ！』の言葉もしっかり聞いて。偉いわね」

褒められているのはちゃんとわかるようだ。

美津の言葉にてろ助は、嬉しくてたまらない様子で尾を振り回して文を見上げる。

「てろ助、いいこね。よし、よし」

にっこり笑みを浮かべた文がてろ助の頭を撫でると、てろ助は涎をだらだら垂らして、えへへへと笑った。

人と犬とが目を合わせて微笑み合う姿に、こちらの胸も温かくなる。

「ずいぶんと躾に奮闘したな。立派なものだ」

凌雲が近づくと、てろ助は再びはしゃぎまわって飛び掛かろうとして——。

今度は文が一言「てろ助！」と名を呼んだだけで、己がどうすべきか思い出したように座り直した。

「凌雲先生とお美津さんのお陰です。あれからてろ助のことがより可愛らしくてなりません。てろ助は私にとって、この世でいちばん大事な家族です」

文は得意げにてろ助の耳の後ろを掻いてやった。てろ助は心地よさそうに目を細めている。

どこまでも幸せな光景だ。

影法師とてろ助、いったい何が違うのだろう。

「あらっ？　あれは黒太郎……ではありませんね？」

文が木陰の影法師に目を留めた。

以前のてろ助を知っている白太郎、黒太郎、茶太郎は、嗅いだことのある匂いに、またあの乱暴者がやってきた！　と慌てて軒下の隠れ家に逃げてしまった。

「ええ、ちょっと怪我をしてしまって《毛玉堂》でお預かりしている、影法師って子なんですよ」

美津は凌雲に目配せをしながら言った。文の背後で、仙がぐっと拳を握って、そうそう、という顔をしている。

「まあ、怪我ですって？　いったいどこを？」

文が気の毒そうな顔をしてから、小首を傾げた。

「尾っぽが千切れてしまったんです」

「ええっ、そんな！　影法師はもちろんですが、特に飼い主さんは相当嘆かれたことでしょう！」

「ええっと、飼い主さんが、ですか……？」

美津の脳裏に飼い主の老婆の顔が浮かんだ。

老婆は影法師に怪我をさせてしまったことを悲しんでいた。だが、影法師の尾っぽがなくなったことを嘆いていたという記憶はない。

「もしかして、飼い主さんは目の悪いご老人ですか？」

美津の歯切れの悪い様子を察したように、文が訊いた。

「ええ。どうしておわかりですか？」

「だって、犬を飼っている人にとって、犬の胸の内を知るためにどれほど尾っぽが役に立つことか。嬉しいときにはぶんぶん振り回して、怖いときにはだらんと垂れて。愛想笑いや苦笑いの尾の振り方まであるでしょう？　一見平然とした顔をしていてもすごく怒っているときだって、尾っぽですべてがわかりますよね？　それがなくなったらたいへんです」

「言われてみれば、確かにそうですね。尾っぽは犬自身にはもちろんですが、犬の心をわかろうとする飼い主にとって、さらにとても大事なものなんですね」

　美津は頷いた。

「それで、今日はお仙さんから、皆さんがうちのてろ助と遊んでくださると聞いたのですが。そんなことってあるんでしょうか？」

　文が皆を見回すと、凌雲が前へ出た。

「そうだ。てろ助には、ぜひこの庭で人と思う存分遊んでもらいたい。あの影法師に、人と関わることの楽しさを目で見て知ってもらいたいんだ」

　並みの犬ならば、白太郎、黒太郎、茶太郎が安心して過ごす姿を見せればよい。

　だが、影法師の強張り切ってしまった心を溶かすには、てろ助ぐらい明るい、大騒ぎのお調子者の助けが必要だ。

影法師はまだまだ若い。本来ならばてろ助のように我を忘れてはしゃぎ回りたい年頃のはずなのだ。

「そういうことでしたか。では、ぜひともよろしくお願いいたします。てろ助はもう間違いなく、確実に、大喜びいたします」

文がてろ助の引き綱を離した。

てろ助がお尻を左右に揺らして、「よしっ！」の一言を待ち構える仕草をする。

「お美津、覚悟はいいな？」

凌雲が含み笑いで訊いた。

「ええ、凌雲さんも」

美津は気合を入れて頷いた。

この時に備えて、夫婦でいちばんくたびれた着物を着込んでいるのだ。

綱を結んで作ったおもちゃや、鼻緒が切れた草履など、てろ助が大喜びしそうなものも用意した。

「私はご遠慮させてもらおうかね。影法師ちゃんと一緒に見物だね」

仙がくわばらくわばらと呟いて、影法師の横にしゃがみ込んだ。

「それじゃ、よろしいですね。てろ助、よしっ！　遊んでおいで！」

文が明るい声で言ったその途端、てろ助が「わーい！」と叫んだ声が聞こえた気がした。

八

追いかけっこをしたり綱引きをしたり、遠くに投げたおもちゃを取ってこいと命じたり。さらに折に触れて、「いいこ、いいこ」と褒めてやる。

そんなことを半刻も続けたら、すっかり息が上がって汗びっしょりになった。《毛玉堂》の犬たちにはとっくに大人の分別がついているので、いくらこちらが盛り上げようとしても、ここまで力いっぱい遊び回ってはくれない。

美津と凌雲とてろ助。時に悲鳴を上げたり時に声を上げて笑ったりして、真剣に遊んでいたら、なんだか人の子供といるような気分になってきた。

泥だらけになった凌雲がまるで少年のように笑う声を聞きながら、美津も日ごろの気がかりなことがぜんぶ晴れていくような気持ちになった。

「そろそろ休憩にしましょうね。このままじゃ、倒れちゃうわ」

いくら力が漲っているとはいえ、犬は人よりも一回り小さい動物だ。この暑さの中でずっと走り回っていたので、てろ助もさすがにばてたようだ。真っ赤な舌をだらりと長く垂らして、へたり込んだ。

てろ助に器で水をやって、美津と凌雲も湯呑に注いだ冷たい水を喉を鳴らして飲んだ。

「ああ、楽しかったですね。影法師は……」

振り返ると、影法師が文に頭を撫でられてこちらをじっと見つめていた。いつの間にか傍らに仙の姿はない。

影法師は、微動だにせず一点を見つめていたこれまでの姿とは明らかに違う様子だ。ちらちらと横目でこちらを窺っては、いけない、いけない、というようにまっすぐに前を向き直す。

その姿はまるで親に厳しく躾けられた真面目な子供が、目一杯遊び回る腕白坊主を窺う姿そのものだ。

美津と凌雲は微笑んで顔を見合わせた。

思った以上に、良い効果が出たようだ。

「影法師、今度はお前よ。一緒に遊びましょう。おいで」

影法師がゆっくり一歩、こちらへ進み出た。おいで、と言われたので行きますよ、という顔だ。

万が一の用心のために、影法師には引き綱がついている。美津は影法師に駆け寄って、引き綱を握った。

「さあ、来い。影法師！」

凌雲が両腕を広げた。

てろ助は、ほんとうは興味があって仕方ないが、もはや疲れ切って一歩も動けないという様子で、ぺたんと伏せをして見守っている。

「さあ、さあ！　一緒に遊ぼう！」

凌雲が笑顔を見せた。

「さあ、さあ」

赤ん坊が歩こうとするのを見守るような、優しい顔だ。

「影法師、平気よ、いいこよ」

美津も一緒になって、出せる限りの優しい声で影法師を励ます。

凌雲のところまでもうあとほんの数歩となったとき、影法師がはっと何か閃いたような顔をした。

てくてくと、いかにもつまらなそうに歩を進めていた足取りが急に変わった。

影法師が地面を蹴った。まるで小鹿が跳ねるように飛ぶ。一目散に凌雲の懐に飛びついた。

「やった！　影法師！」

美津は両手を合わせて声を上げた。

「よしよし、遊びたかったたな。いいこだ、いいこだ」

凌雲に頭を撫でられながら、影法師は落ち着きなくその場で動き回る。差し出された手をぺろりと嘗め、凌雲の膝に前脚を乗せて顔中を嘗め回す。

千切れた尾のところが痛々しい切り口を見せて、左右に揺れていた。

そのまま影法師は凌雲に飛びついては離れ、顔を嘗め回しては追いかけっこのように飛び退いてを繰り返す。

凌雲が走り出すと横を一緒に走って、今まで見せたことのないような良い顔を浮かべた。

「良かった、良かった、影法師……」

美津の目に嬉し涙が浮かんだ。目の前がぼんやりと滲む。

「影法師ちゃん、元気になって良かったわね。ねえ、てろ助？」

文もてろ助に声を掛けて、嬉しそうにしている。

「わあ！　さすが凌雲先生とお美津ちゃん！　ほら、私の言ったとおりでしょう？　影法師の何とも幸せそうな、いい姿が見られましたでしょう？」

急に華やかな声が聞こえた。

「お仙ちゃん！　伝右衛門さんも一緒に……？」

生垣の隙間から入り込んできた仙の背後に、渋い顔をした伝右衛門の姿があった。

「この女がどうしても一緒に来いと言うから来た。来なければどうなるか、と脅してまできたぞ」

「そんな、脅すなんて物騒なことはしちゃいませんよ。一緒に来ないと、伝右衛門さんは河原で犬を拾っている立派なご老人だって、読売に書いてもらいますよ、って言っただけです。こんなに素晴らしい行いをしている伝右衛門さんが嫌われ者のままじゃ、私は嫌ですからねえ」

仙が澄《す》ました顔をした。

そんな立派な話を触れ回ったら、必ず伝右衛門のところに犬を捨てに来る不届き者が出てくる。伝右衛門は夕暮れに籠を背負って河原をうろつく、不審な嫌われ者のままでいたいのだろう。

「だが、ずいぶんと馬鹿なことをしたな」

伝右衛門は美津、凌雲、影法師に目を向けた。

「えっ？」

訊き返そうとしたその時――。

影法師が、きゃんと甲高い声で鳴いた。

「どうした？　影法師？」

凌雲が顔を覗き込む。

影法師が急にその場でくるくると回り始めた。

まるでイタチのように身をくねらせて、目にも止まらぬ速さで回り続ける。

明らかに何かに憑《と》りつかれたような、正気を失ったように見える姿だ。

「やめろ、影法師、駄目だ」

凌雲が気の毒そうに眉を下げた。どうにかして抱き留めるも、なおも影法師は執拗にその場で回り続けようとする。

「凌雲さん、影法師はいったいどうしてしまったんですか？」

美津が訊くと、凌雲が両腕を前で組んだ。

「なくなったはずの尾っぽを探しているんだ。心を取り戻した影法師は、己の尾っぽの痛みに気付き、あるはずの尾っぽがないことに、混乱してしまっているんだ」

「心を取り戻したせい、ですか……」

美津は言葉を失った。

「その通りだ。今の影法師が幸せか？　こんな落ち着きなく心の乱れた影法師と暮らす飼い主は幸せか？」

伝右衛門が冷たい声で訊いた。

皆が黙り込んでしまったその時、

「影法師、影法師やっ！」

毛玉堂の庭に悲痛な声が響いた。

九

振り返ると、そこにいたのは影法師の飼い主の老婆だ。

「影法師が心配になってしまいましてね。ほんのちょっと、一目でも顔を見たくなって、こちらに寄らせていただいたんです」

言いながら、老婆は目を細めて怪訝そうな顔をした。

「おやっ？　《賢犬堂》の伝右衛門さんでらっしゃいますか？　どうしてここに？

あそこでぐるぐる回っているのは、うちの影法師ですよね？　いったいなぜ影法師があんな妙なことを……」

伝右衛門が顔を顰めてから、さあどうする、というように凌雲を睨んだ。

「影法師、いけないいよ。やめとくれ」

老婆が泣き出しそうな顔をする。

「影法師、影法師、あんたいったいどうしちまったんだい？」

影法師の動きがぴたりと止まった。

耳をそばだてて敏捷《びんしょう》に振り返る。老婆に向かって一目散に駆け寄った。

「ま、待って、影法師。婆さまが怪我をしたらたいへんよ」

影法師が己の尾っぽを追いかけ回していたときの剣幕で飛びついたら、きっと老婆は尻餅をついてしまうだろう。

慌てて駆け寄ろうとする美津に、伝右衛門が舌打ちをした。

「止めろっ！　影法師！」

《毛玉堂》の障子の紙がびりっと震えるような、恐ろしい剣幕の怒鳴り声だ。

それまで呑気に見守っていたてろ助が、「ひいっ」と悲鳴を上げて尾を尻の間に隠し、泡を喰って文に身を寄せた。

「伝右衛門さん、あんたなんだってうちの影法師に、そんなおっかない言い方をするんだい!?」

老婆が眉を顰めた。

影法師が老婆に飛びついて、すぐに倒れないように背後から身を挺《てい》して支えた。

「影法師は、こんなに嬉しそうにしているじゃないか」

老婆は影法師に頬を寄せた。

影法師の身体を確かめるように触ると、影法師は何とも穏やかな目をして老婆に寄り添った。つい先ほどまで必死の形相でなくなった尾を追いかけていた姿が嘘のように、落ち着いた様子だ。

「目があまり良くない婆さまは、影法師の尾っぽがなくても、影法師の気配を感じ身体に触れるだけでどれだけ喜んでいるかがわかるんですね」

文が、すっかり怯えたてろ助のお尻をぽんと叩いて頷いた。

「婆さんが現れた途端、影法師は己の尾を失ったことを忘れている。なぜだ?」

伝右衛門が眉間に皺を寄せた。

「……そうか、影法師が最初に気付いたのは、己の尾っぽがなくなった衝撃や不安ではなかったんだ」

凌雲が静かに言った。

「影法師は、心を取り戻して最初にこの場には婆さまがいない、という不安に気付いたんだ。だから、鈍い痛みを放ち続けている尾っぽの傷口を嘗めることで、どうにかして心を落ち着けようとしたんだ」

「それで、失ってしまった己の尾を探して、走り回っているように見えたんですね。そしてここ数日ずっと会いたかった婆さまに再会することができて、影法師の不安は解消された……」

影法師を撫で回していた老婆が僅かによろめいた。

咄嗟に影法師が老婆の前方に飛び出す。万が一にも、転んで頭を打たないようにと気を配っているのだ。

老婆を見つめる影法師の目は、利発そうでありながら情に溢れ、祖母を思う孫息子そのものだ。

「影法師、婆さまのことが心配だったのね。いつだって婆さまを守ろうとしているんだわ」

美津が言うと、影法師は少々照れくさそうに老婆の手をぺろりと嘗めた。

「影法師。ごめんよ。もう二度と離れ離れになったりはしないからね」

老婆が影法師をひしと抱き締めた。

ちぎれてしまった短い尾が左右に揺れる。

「伝右衛門、良い姿だと思わないか？　厳しすぎる躾でしばる必要なんてない。他のどの犬とも違う、この犬を大事に可愛がる飼い主と、飼い主を信頼し、愛しているからこそ、その言葉に応えたい、役に立ちたいと奮闘する犬の姿。私は、人と犬というのはこのような姿になって欲しいと思うんだ」

凌雲の言葉に、伝右衛門が口元をへの字に曲げた。

「あのう、伝右衛門さん、てろ助の躾のときにご忠言をいただいた方ですよね？」

文が恐る恐る、という様子で口を挟んだ。

「おかげで、てろ助はこんなに素晴らしい良い犬になりました」

皆が目を向けたてろ助は、まだ伝右衛門に怯えて尾を丸め、文の着物の裾に顔を突っ込んでいる。おまけに先ほど伝右衛門が怒鳴り声を上げたのが怖くて、小便を漏らしているようだ。

「てろ助は、今でもとんでもない剽軽者です。それに声が大きくて、加減を知らなくて、臆病で……」

文がくすりと笑った。

「でも、てろ助は、私のことだけは、信じてくれているんです。他の誰の命令も決して聞きやしませんが。この世で唯一、たくさんたくさん褒めてたくさんたくさん可愛がってあげた私の言うことだけは、ちゃんと聞くんです。ほら、てろ助、おすわり、おすわりよ」

文が引き綱を引くと、てろ助は、嫌でたまらない顔で伝右衛門に背を向けて、だらしなくお座りをした。

「ね、かわいくてたまりませんよ」

文が目を細めた。

伝右衛門の顔つきがわずかに和らいだ。

「伝右衛門、もう一つ、伝えたいことがあるんだ。幼い頃に飼っていたという桜丸の話だ」

凌雲が一歩前に出た。

「もうその話はやめてくれ。思い出したくない」

伝右衛門が表情を曇《くも》らせて首を横に振った。

「桜丸は、あんたと通じ合っていなかったわけではないんだ」

「何だって？」

伝右衛門が顔を上げた。

「桜丸は病に侵されていたのではないだろうか。獣に特有の、脳が侵される不治の病だ。桜丸はその病のせいで己の発作を抑えることができず、あんたの命令を聞くことができなくなっていたんだ」

「犬の頭を狂わせる、そして噛み傷から人にもうつるという恐ろしい病のことか。だが、なぜ桜丸が……」

「桜丸は風鈴の音の大きさに苛立って、風鈴屋を襲ったと言ったな？　この病は冷たい水を目にしたり風が吹きつけると、神経が高ぶって全身に痛みを生じる発作が起きるという妙な特徴があるんだ。風鈴の音が一斉に鳴ったということは、そのときまさに風が強く吹いたんだろう。それに、震えて涎を垂らして襲い掛かったと言ったな。高熱が出て震えが止まらなくなり、喉が腫れて涎が垂れ流しになる。まさにこの病の症状だ」

「恐水症に恐風症。まさか桜丸が……」

「桜丸は数日前に、鳥小屋を襲ったイタチを倒したと言っていたな。かわいそうだが、そのときのイタチの噛み傷で病に罹ってしまったに違いない」

伝右衛門が目頭を押さえた。

「桜丸は不治の病だったというのか。そんなこと、ちっとも気付かなかった」

「かなり苦しかったはずだ。だが、家の人たちに怖い思いをさせないように、必死で平静を装って耐えていたのだろうな。犬がそのくらいの思いやりをじゅうぶんに持ち得ることは、ここにいる皆は知っているはずだ」

凌雲が美津に、影法師と老婆に、てろ助と文に、そして最後に仙に目を向けた。

皆、神妙な顔をして大きく頷く。

「それが、強い風が吹いたことで、神経に大きな発作が起こってしまったんだな」

伝右衛門が、凌雲から聞いたことを確かめるように、一言一言繰り返した。厳めしい老人の声が、涙で濡れていた。

「ああ、きっとそうだ。桜丸は、最期まであんたを想っていたはずだ」

凌雲は迷いのない声で言い切って、大きく頷いた。

十

「おいで、白太郎、黒太郎、茶太郎。それにマネキも。お客さまはみんなお帰りになったわよ」

皆が立ち去った《毛玉堂》で、美津がこの家の獣たちを呼ぶ。

犬たちは軒下から、マネキはどこからともなく現れると、揃って美津に親し気な目を向けた。

親の仕事が終わったと聞いて、これから家族でゆっくり一緒に過ごせるねと、嬉しさを隠しきれない子供たちの顔だ。

「それじゃあ、こちらのお客さまも、そろそろおいとましようかね。お邪魔したよ」

仙がぽつりと言った。

「お仙ちゃん？　いいのよ。お仙ちゃんは別にいつまでいてもらっても。みんなももう慣れっこよ」

首を傾げる美津に、仙はくすっと笑った。

「そういう意味じゃないさ」

静かに言ってマネキに近づくと、「ああマネキ。しばらく会えなくなっちまうのは寂しいねえ。あんたのその鴨《かも》みたいな柄の美しい毛並み、今ここでたくさん触らせておくんなさいよ」と撫で回す。

「しばらく会えなくなる……って、お仙ちゃん、馬場家に戻るって決めたのね！」

「なんでお美津ちゃんが、そんなに嬉しそうにしているのさ」

仙が照れくさそうに笑った。

「嬉しいに決まっているでしょう！　ほんとうに良かったわ。どうしてそう心を決めることができたのか、ぜひとも聞かせてちょうだいな」

美津は胸元に手を当てて、長い息を吐いた。

心からほっとした。

「そんなに大した話じゃないさ。私も、善次にとっての絵、影法師にとっての婆さま、みたいなものに気付けたってことだよ」

「政之助さんへの想いの深さを思い出したのね。よかった。そうでなくちゃ」

「ちがう、ちがう。政さんはもちろん好きさ。でもただそれだけじゃ、私はあんな窮屈な家になんて戻りゃしないよ。言っただろう？　私は、政さんの何倍も、己のことが大好きなのさ。だって政さんのお顔よりも、この私の姿のほうが何百倍も美しいだろう？」

「えっ？　そ、そりゃ、そうかもしれないけれど……」

美津は目を白黒させて仙を見つめた。

「私はさ、自分の得意なことで政さんの役に立ちたいんだ。そうしたらきっと、生きるのがすごく楽しくなるだろう？　絵を描いてみんなを幸せにする善次、婆さまの笑顔が見たくてお利口な影法師、あとお文に褒められてでれでれしているてろ助も入れておこうかね。みんなみんな、己が役に立っていると思えるから楽しそうなのさ」

「役に立つ……」

美津は仙の顔を見上げた。

「私の生まれ持ったこの別嬪な姿と、得意なお喋りを生かせば、政さんの、倉地家の役に立てる気がしてきたのさ」

かつて倉地家は、大名の子である善次を見守る役目を任されていた。

仙ははっきりそうとは言わないが、お江戸で多くの噂話を集めて秘密裏に事を運ぶ役目がある家であるに違いない。

「確かにそうね。お仙ちゃんはただ生まれ持ったものを否定して、お武家の別嬪なお嫁さんになるために、お行儀作法を学んでいるんじゃないわ。お仙ちゃんが倉地家に嫁ぐことで、政之助さんも倉地家の人たちも、いつかほんとうに助かるときが来るはずよ！」

美津は大きく頷いた。

「やっぱりお美津ちゃんもそう思うだろう？」

仙は嬉しそうに、くしゃりとした笑顔を浮かべた。

「じゃあ、そういうことで。政さんのために、倉地家のために、そして巡り巡ってお江戸のみんなの幸せのために。私はあの、いやあな馬場家に戻るとするかね」

仙が作事場へ出る大工のように、己の膝をぴしゃりと叩いた。

「お仙ちゃん、偉いわ。それだけの覚悟が決まっていれば、きっとうまく行くわ」

「ああ、もちろん私もそう思っているよ。しばらくお美津ちゃんに会えなくなるのは寂しいけれどねえ。お美津ちゃんには、お世話になったねえ」

そんなことを言われたら、何だか涙が出そうになる。

「お美津ちゃん、泣いちゃ駄目さ。わざとじんわり涙を誘うことを言ってみただけだよ。別にお上に捕縛されるわけじゃないんだ。無事に嫁入りを果たしたら、政さんなんてちょろいもんさ。いくらでも理由をつけて、好き放題に《毛玉堂》に遊びにくるよ」

「もう、お仙ちゃんたら。嫁入りを果たすなんて。仇討《あだう》ちじゃないのよ……」

美津が涙を拭くと、仙が、おっと、そうだ、そうだと呟いた。

「これをあげるよ。会えないときには、これを見るたびに私の別嬪な顔を思い出しておくれねえ。……って、おやおや、ごめんねえ。お美津ちゃんの顔を見ていると、どうにもからかいたくなって、涙を誘うことばかり言っちまうよ」

仙が懐から取り出した巾着袋をごそごそやりながら、

「ほら、手を出して。おっことさないように。小さいけれどすごく高価なもんだよ。これひとつで効き目も抜群さ」

と目配せをした。

十一

朝起きて縁側に出ると、思ったより冷たい風が頬を撫でた。《毛玉堂》にようやく秋がやってきた。

ここしばらく仙が無茶をして通り過ぎないおかげで、クチナシの生垣は安心して葉を茂らせている。ぽっかり空いていた隙間は周囲ともうほとんど見分けがつかない。

「凌雲さん、ちょっとお待ちくださいな。せっかくの開業のお祝いです。背中にマネキの毛がくっついたままでは……」

「季節の変わり目は毛が抜ける。きっと、《賢犬堂》だって毛だらけだ」

「まあ、そんなことありません。伝右衛門さんのことですから、すごく綺麗に整えていらっしゃるに違いありませんよ。《毛玉堂》ではお掃除が適当だと思われては、私が嫌なんです」

慌てて凌雲の背中を叩いて、抜け毛を落とす。

「お祝いのお酒は持ちましたか？」

「おっと、忘れていたぞ。言ってくれて助かった」

凌雲が慌てて家の奥に戻った。

今日は、伝右衛門の《賢犬堂》の新たな門出の日だ。

伝右衛門は、賢い犬だけを売る犬屋という商売を改めて、犬の飼い主のための躾の教室を開くことになったのだ。

捨て犬から蚤や腹の虫を取り去り綺麗にしてやって、欲しがる人に届けるところまでは続けながら、これまで《賢犬堂》から利口な犬を買い求めた飼い主たちにはもちろん、初めて犬を飼う人や、犬との関わりに悩んでいる人など、ありとあらゆる犬の相談を請け負う場所だ。

伝右衛門の目で医術が必要と思えばすぐに《毛玉堂》を紹介する。そして《毛玉堂》のほうも、これは人と犬との関わりの問題だと思う機会があれば、伝右衛門の《賢犬堂》を紹介するという約束になっている。

「頼もしい方とお知り合いになれてよかったわ。きっとたくさんの犬たちとたくさんの人が幸せになれるわね」

美津が呟くと、白太郎、黒太郎、茶太郎の三匹がにっこり微笑むように、はたはたと尾を振った。

生まれたそのままの姿で、好き放題己の快を追いかけるだけでは、人も動物も決して幸せにはなれない。

お互いを信頼し合い、お互いの喜ぶ顔を見たいと思い、そのために苦しい学びを乗り越えることで、初めて、生きていることは素晴らしいと感じ合うことができるのだ。

「あっ、そうだ、忘れていたわ。凌雲さん、まだ来ないかしら」

部屋の奥でマネキが、まだだよ、というように一声鳴く。

「マネキ、ありがとう。それじゃあ、今のうちに……」

美津は急いで縁側から部屋に上がった。

引き出しから手鏡を取り出して、己の顔をしげしげと眺める。

懐から小さな金箔の貼られた貝を取り出す。

仙からもらった笹紅《ささべに》だ。

小指に紅をちょいと付けて、唇にぽんぽんと載せていく。仙に教えてもらったとおり、小さめに、おちょぼ口に見えるように。

やっぱりおかしいような気がする。お出かけのためにおめかしをしている自分の姿が、恥ずかしくて顔が赤くなる。派手すぎるのではないか。子供が化粧をしているみたいに、ぜんぜん似合っていないのかもしれない。凌雲にぎょっとされるのではないか。

ちり紙でぐいっと拭き取りたくなるところを、どうにかこうにか抑えて、手鏡を元のところに戻した。

「お美津、待たせたな。さあ、行こう」

お祝いの品を抱えて現れた凌雲のほうに、勢いよく顔を向ける。

「お美津？　その顔……」

わあ、嫌だ、嫌だ。どうしよう。

そんな言葉を胸の中で叫びながら、顔から火が出るような心持ちになる。

「綺麗だな！　よく似合うぞ！」

凌雲の声に、この世がぱっと明るくなったような気がした。

「そ、そうですか？　なんだか恥ずかしいのですが、こんな赤い紅、私にはちっとも似合わないかと……」

「そんなことはない。綺麗だ」

力強く言い切られて、美津は思わず頬を両手で押さえた。

凌雲の顔を見上げて、えっ、と思う。

まるで絵か何かを褒めるような、あっさり明るい口調だとばかり思っていたが。

凌雲の顔も、まるでお猿の顔のように真っ赤になっていた。

二人で顔を真っ赤にして見つめ合う。

「ありがとうございます。凌雲さんが喜んでくれるなら、また、お出かけのときは紅を差しますね」

「い、いや」

凌雲が照れくさそうに首を横に振った。

「出かけるときだけ、でなくてもいいぞ。たまの休みには、家でもそんな姿を見せてくれ」

「ええ、もちろんです！」

紅を差す。たったそれだけのことが、こんなに嬉しいとは思わなかった。こんなに彩りになるとは思わなかった。

大好きな人がいるとき、お化粧というのはとても良いものだ。

私が紅を差すだけで、凌雲に綺麗だと思われたいという気持ちが、私のほうを見て一緒にのんびり楽しく過ごしてくださいな、と思っていることが伝わるのだ。

白粉や、可愛らしい簪や、顔色を良く見せる淡い色の小袖。

働きづめの私には少しも関係ないと思っていたものが、急に素敵に思えてきた。

ああみんな、こんな気持ちが嬉しくてああいうものが欲しかったのね。

とっくに人妻なのに、十四、五の娘のようなことを思う。

「それじゃあ、凌雲さん、行きましょうか」

美津はすっと手を差し伸べて、凌雲の手を握った。

「ああ、祝い事にはいい日だな」

凌雲が美津の掌をしっかり握って、秋の風に目を細めた。

美津が庭の犬たちとマネキを振り返ると、「いってらっしゃいな」という顔で、皆が一斉に尾っぽを振った。

謝辞
本書を執筆するにあたり、獣医師の加藤琢也先生にご協力をいただきました。
たくさんの貴重なお話を、本当にありがとうございます。
尚、作中に誤りがある場合は、すべて作者の力不足・勉強不足によるものです。

参考文献

『犬と猫の行動学　問題行動の理論と実際』　ヒトと動物の関係学会 編　学窓社
『犬と猫の行動学　基礎から臨床へ』　内田佳子　菊水健史 著　学窓社
『動物行動学』　森裕司　武内ゆかり　内田佳子 著　エデュワードプレス
『臨床行動学』　森裕司　武内ゆかり　南佳子 著　エデュワードプレス

本書は、文庫書き下ろし作品です。

|著者|泉 ゆたか　1982年神奈川県逗子市生まれ。早稲田大学卒業、同大学院修士課程修了。2016年に『お師匠さま、整いました！』で第11回小説現代長編新人賞を受賞しデビュー。『髪結百花』で第８回日本歴史時代作家協会賞新人賞、第２回細谷正充賞を受賞。本作は、夫婦で営む動物専門の養生所の活躍を描く「お江戸けもの医　毛玉堂」シリーズの２作目にあたる。他の著作に『おっぱい先生』『江戸のおんな大工』『れんげ出合茶屋』や、『雨あがり』『幼なじみ』『恋ごろも』と続く「お江戸縁切り帖」シリーズ、『猫まくら』『朝の茶柱』と続く「眠り医者ぐっすり庵」シリーズなどがある。

玉《たま》の輿猫《こしねこ》　お江戸《えど》けもの医《い》　毛玉堂《けだまどう》

泉《いずみ》 ゆたか

2022年11月15日第１刷発行

発行者――鈴木章一
発行所――株式会社　講談社
東京都文京区音羽2-12-21　〒112-8001
電話　出版（03）5395-3510
　　　販売（03）5395-5817
　　　業務（03）5395-3615

Printed in Japan

講談社文庫
定価はカバーに
表示してあります

KODANSHA

デザイン―菊地信義
本文データ制作―講談社デジタル製作
印刷―――株式会社KPSプロダクツ
製本―――株式会社国宝社

ISBN978-4-06-529826-8

講談社文庫刊行の辞

二十一世紀の到来を目睫に望みながら、われわれはいま、人類史上かつて例を見ない巨大な転換期をむかえようとしている。

世界も、日本も、激動の予兆に対する期待とおののきを内に蔵して、未知の時代に歩み入ろうとしている。このときにあたり、創業の人野間清治の「ナショナル・エデュケイター」への志を現代に甦らせようと意図して、われわれはここに古今の文芸作品はいうまでもなく、ひろく人文・社会・自然の諸科学から東西の名著を網羅する、新しい綜合文庫の発刊を決意した。

激動の転換期はまた断絶の時代である。われわれは戦後二十五年間の出版文化のありかたへの深い反省をこめて、この断絶の時代にあえて人間的な持続を求めようとする。いたずらに浮薄な商業主義のあだ花を追い求めることなく、長期にわたって良書に生命をあたえようとつとめるところにしか、今後の出版文化の真の繁栄はあり得ないと信じるからである。

同時にわれわれはこの綜合文庫の刊行を通じて、人文・社会・自然の諸科学が、結局人間の学にほかならないことを立証しようと願っている。かつて知識とは、「汝自身を知る」ことにつきていた。現代社会の瑣末な情報の氾濫のなかから、力強い知識の源泉を掘り起し、技術文明のただなかに、生きた人間の姿を復活させること。それこそわれわれの切なる希求である。

われわれは権威に盲従せず、俗流に媚びることなく、渾然一体となって日本の「草の根」をかたちづくる若く新しい世代の人々に、心をこめてこの新しい綜合文庫をおくり届けたい。それは知識の泉であるとともに感受性のふるさとであり、もっとも有機的に組織され、社会に開かれた万人のための大学をめざしている。大方の支援と協力を衷心より切望してやまない。

一九七一年七月

野間省一